满族口头遗产传统说部丛书

奥克敦妈妈

富育光 讲述

王卓 整理

吉林人民出版社

图书在版编目（CIP）数据

奥克敦妈妈/富育光讲述；王卓整理．－－长春：
吉林人民出版社，2019.5
（满族口头遗产传统说部丛书）
ISBN 978-7-206-16870-3

Ⅰ．①奥… Ⅱ．①富… ②王… Ⅲ．①满族—民间故
事—中国 Ⅳ．① I277.3

中国版本图书馆 CIP 数据核字（2019）第 293294 号

出 品 人：常　宏
产品总监：赵　岩
统　　筹：陆　雨　李相梅
责任编辑：强润润　田子佳
助理编辑：王　静
装帧设计：赵　谦

奥克敦妈妈
AOKEDUN MAMA

讲　　述：富育光　　　　整　　理：王　卓
出版发行：吉林人民出版社（长春市人民大街 7548 号　邮政编码：130022）
咨询电话：0431-85378007
印　　刷：吉林省优视印务有限公司
开　　本：720mm×1000mm　　1/16
印　　张：10　　　　　　　字　　数：160 千字
标准书号：ISBN 978-7-206-16870-3
版　　次：2019 年 5 月第 1 版　　印　　次：2019 年 5 月第 1 次印刷
定　　价：45.00 元

如发现印装质量问题，影响阅读，请与出版社联系调换。

出 版 说 明

满族口头遗产传统说部是具有较高社会价值和文化价值的满族文化的百科全书。整理发掘满族说部的项目工作被文化部列为中国民族民间文化保护工作试点项目，并被国务院批准列入第一批国家级非物质文化遗产名录。

"满族口头遗产传统说部丛书"是千百年来满族各氏族对祖先英雄事迹和生存经验的传述，一代一代口耳相传，保留下来的珍贵的满族遗存资料。经过近三十年抢救整理，从二〇〇七年到二〇一七年的十年间，根据整理文本的先后，我社分四次陆续出版了五十部说部和三本研究专著。此套丛书无论从社会价值和文化价值来看，都是一套极具资料性、科研性和阅读性融为一体的满族文化的百科全书。

此次出版对以下两个方面做了调整：

一、在听取各方专家建议的基础上，对原丛书进行了筛选，选取最有价值、最有代表性的四十三部说部，删去原版本中与文本关系不紧密的彩插，对文本做了大幅的编辑校订，统一采用章回体表述方式，并按照内容分为讲述萨满史诗的"窝车库乌勒本"、讲述家族内英雄人物的"包衣乌勒本"、讲述英雄和历史人物的"巴图鲁乌勒本"、讲述说唱故事的"给孙乌春乌勒本"等，突出了说部的版本特色。

二、保留研究专著《满族说部乌勒本概论》，作为本丛书的引领，新增考古发掘的图片和口述整理的手稿彩色影印件。

特此说明。

吉林人民出版社

编 委 会

主　　编：谷长春

副 主 编：杨安娣　富育光　吴景春
　　　　　荆文礼　常　宏

编　　委：（以姓氏笔画为序）
　　　　　于　敏　王少君　王宏刚
　　　　　王松林　朱立春　刘国伟
　　　　　孙桂林　陈守君　苑　利
　　　　　金旭东　赵东升　赵　岩
　　　　　曹保明　傅英仁

序

冯骥才

任何民族的文学都包括两大部分。一是个人用文字创作的、以书面传播的文学，一是民间集体口头创作的、口口相传的文学。后一部分文学是前一部分文学的源头，是根性的文学。中国作为东方文明的古国，口头文学的历史去之遥远。就像西方文学始于古希腊罗马的神话故事，我国文学史上第一部作品是《诗经》，即民间口头文学集，这表明口头文学是一个民族文学的源头。在漫长的历史中，这两部分文学一直同根并存，相互滋育，各自发展，共同构成一个民族文化与精神的极为重要的支撑。

中华民族有着巨大文学想象力和原创力。数千年间，各族人民以口头文学作为自己精神理想和生活情感最喜爱和最擅长的表达方式，创作出海量和样式纷繁的民间文学。口头文学包括史诗、神话、故事、传说、歌谣、谚语、谜语、笑话、俗语等。数千年来，像缤纷灿烂的花覆盖山河大地；如同一种神奇的文化的空气在我们的生活中无所不在；且代代相传，口口相传，直到今天。

我们的一代代先人就用这种文学方式来传承精神，表达爱憎，教育后代，传播知识，娱悦生活，抚慰心灵；农谚指导我们生产，故事教给我们做人，神话传说是节日的精神核心，史诗记录文字诞生前民族史的源头。它最鲜明和最直接地表现中华民族的精神向往、人间追求、道德准则和价值取向。中国人的气质、智慧、审美、灵气、想象力和创造力，充分彰显在这种口头的文学创造中。

这种无形地流动在民众口头间的口头文学，本来就是生生灭灭的。在社会转型期间，很容易被忽略，从而流失。

特别是在这个现代化、城市化飞速推进的信息时代，前一个历史阶段的文明必定要瓦解。口头文学是最脆弱、最易消亡。一个传说不管多么美丽，只要没人再说，转瞬即逝，而且消失得不知不觉和无影无踪，所以联合国教科文组织把口头传统和表现形式，包括作为非物质文化遗产媒介的语言列为非物质文化遗产之一。

在中国，有史诗留存的民族并不很多，此前发现的有藏族史诗《格萨尔王传》、蒙古族史诗《江格尔》、柯尔克孜族史诗《玛纳斯》、苗族史诗《亚鲁王》。作为满族民族历史和文化传统的重要载体——"说部"，是满族及其先民世代相传的极其宝贵的精神财富。它最初用"乌勒本"（满语 ulabun，为传或传记之意）指称，后受汉文化影响，改称为"说部"或"满族书""英雄传"。说部最初用满语讲述，至清末满语渐废，改用汉语并夹杂一些满语讲述。在漫长的历史进程中，满族各氏族都凝结和积累了精彩的"乌勒本"传本，如数家珍，口耳相传，代代承袭，保有民族的、地域的、传统的、原生的形态，从未形成完整的文本，是民间的口碑文学。"满族说部迥异于其他文类，不仅涵盖了口头传统，也吸纳了民俗学中多种民间文艺样式，包容性极强。"

我以为，对于无形地保留在人们记忆与口口相传中的口头文学，抢救比研究更重要。它是当下"非遗"工作的重中之重，要清醒地认识到文化和文明于人类的意义。当社会过于功利的时候，文化良知就要成为强音，专家学者要在抢救非物质文化遗产中勇于承担责任，走进民间帮助艺人传承与弘扬民间艺术，这也是知识分子的时代担当。

让人感到欣喜的是，经过吉林省的专家学者近三十年的抢救、发掘和整理，在保持满族传统说部的原创性、科学性、真实性，保持讲述人的讲述风格、特点，保持口述史的原汁原味的基础上，将巨量的无形的动态的口头存在，转化为确定的文本。作为"人类表达文化之根"的满族说部，受东北地域与多族群文化的影响，内容庞杂，传承至今已逾千万字。此次出版的《满族口头遗产传统说部丛书》为四十三部说部和一本概论。"说部"分为讲述萨满史诗的"窝车库乌勒本"、讲述家族内英雄人物的"包衣乌勒本"、讲述英雄和历史人物的"巴图鲁乌勒本"、讲述说唱故事的"给孙乌春乌勒本"四大部分。概论作为全套丛书的引领，从学术研究的角度对乌勒本产生的历史渊源、民族文化融合对其的影响、发展和抢救历程等多方面深入思考。

多年来"非遗"的抢救、保护、研究和弘扬，已取得卓越的成就。但未来的路途依然艰辛漫长，要做的事情无穷无尽。像口头文学这样的文化遗产的整理和出版，无法立即带来什么经济利益，反而需要巨大的投资和默默无闻的付出，能在这个物质时代坚守下来，格外困难。

文化传统和传统文化不是一个概念，我们的终极目的不是保护传统文化，而是传承文化传统。传统文化是固定的、已有既定形态的东西。我们所以要保护它，是因为这些文化里的精神在新时代应以传承，让我们的文化身份不会在国际资本背景下慢慢失落。

现在常把文化自觉与文化自信并提，这两个概念密切相关同时又有各自的内涵。文化自觉是真正认识到文化的重要性和自觉地承担；文化自信的关键是确实懂得中华文化所具有的高度和在人类文明中的价值。否则自信由何而来？

对传统文化的抢救与整理，不仅是为了传承，更为了弘扬。我们的民族渴望复兴，复兴的重要精神支撑在我们的传统和文化里，让我们担负起历史使命，让传统与文化为民族的伟大复兴发挥它无穷的力量。

冯骥才

二〇一九年五月

满族口头遗产传统说部丛书 序

目录

满族传统给孙乌春"乌勒本"——《奥克敦妈妈》传承概述 ……… 001

第一章

引　　歌 …………………………………………………………… 001

第二章

序　　歌 …………………………………………………………… 003

第三章

乌米亚罕最有能耐 ………………………………………………… 009

第四章

古老的尼雅玛乌春 ………………………………………………… 021

第五章

奥克敦妈妈燃起智慧之光 ………………………………………… 031

第六章

奥克敦妈妈教会撒第一把谷籽 …………………………………… 067

第七章

奥克敦妈妈教练使用"甩石"和弓矛 …………………………… 074

第八章

奥克敦妈妈立下严苛规矩 ································ 079

第九章

山中跑来一个小怪物 ································ 087

第十章

芒嘎拉霍通之战 ································ 097

第十一章

奥克敦妈妈传授弯弓盘马 ································ 117

第十二章

奥克敦妈妈长留人间 ································ 126

后　　记 ································ 144

满族传统给孙乌春"乌勒本"
——《奥克敦妈妈》传承概述

富育光

《奥克敦妈妈》又称《奥都妈妈》或《七人八马的故事》，在满族众姓世代虔诚信仰的萨满原始祭礼中，除日月星辰及达拉呆敏鹰神等诸种自然和天禽神祇，便将奥克敦妈妈列为祖先人神之首，是萨满神坛上出现最早的唯一一位女性大神，位极显赫，备受敬仰。相传奥克敦妈妈与日月同庚、天地同岁，有九个乳峰，四海生人永远吃不完她那甘甜的奶汁；她有无数妈妈的慧心，伺育万千儿童个个肥胖健壮；她持家有方，智勇双全，是管家神、畜牧神、保婴神、无畏的战神。在满族及其先世女真人的神龛上，她与脍炙人口的《恩切布库》《西林安班玛发》并列为《天宫大战》原始创世神话中所属的三大神话，这三大神话讴歌的是各怀非凡神功和神职的宇宙三尊远古大神。

我瑷珲富察哈喇家族，传讲起满洲给孙乌春"乌勒本"《奥克敦妈妈》，缘起于清光绪末年祖母富察·美容之口。祖母姓郭霍洛氏，名美容，满洲正白旗，生于清同治十年辛未，乃卜奎（齐齐哈尔）商贾名门之女，其先世伯父、爷爷均是卜奎当地有名气的萨满。后来，郭霍洛·美容奶奶出嫁到大五家子托克索，嫁于富察哈喇望族穆昆达富察德连为妻，便将她掌握的民族文化珍贵遗产带到了我们家族。先父常喜追忆奶奶为人。富察哈喇德连乃"连"字辈中排行居长，为阿浑达①，同辈兄弟九人，有妻室者七人。其中，各房妻室中最受阖族尊崇者为德连妻富察·郭霍洛·美容奶奶，因位尊居长，众人仰之。早年，富察氏家族人丁兴旺，男子甚多，而且阖族各支富门未嫁和待嫁女亦甚众。"连"字辈之下尚有众多"禄"字辈者后人，有家室者已有数人。据老人追忆，清咸丰、同治两朝当地谱房子记载，富察氏阖族大小男女三百余口，截至光绪中期后，

---

① 阿浑达：满语，兄长。

受疫病与庚子俄难影响，丁口锐减，临近二百余口有差矣。富察氏家族世重族规，礼仪严谨。精骑射，习礼让，每日按时到各支长辈处问安叙礼，必不怠慢迟误；平日待人接物都讲究仪容。长辈对晚辈的抚爱、管教、嘱咐，一一不可疏忘。总之，凡事要显出大家风范。奶奶为一门长妇，事事处处，不分巨细，必为人先，且言语、声音、处事、礼节均受赞美，谦恭备至。奶奶身形轻盈，勤勉务实，屡受阖族好评，深得众姐妹和晚辈的亲近和尊敬，使身为阖族总穆昆达的畏根德连大人光彩不已。

奶奶擅长歌舞，记忆力好，口才好，知晓满洲"乌勒本"书段子最多。祖母在二十世纪三十年代前后，为黑龙江畔瑷珲一带满、汉、达斡尔、鄂伦春等民族所熟知，是当地著名的满族说部"乌勒本"讲唱色夫。她承继了其父祖传咏下来的满族说部"乌勒本"，如《飞啸三巧传奇》《雪妃娘娘和包鲁嘎汗》《莉坤珠逃婚记》及《西林安班玛发》《奥克敦妈妈》等，都是由郭霍洛·美容奶奶传讲流传下来的。逢年节时，奶奶最繁忙。车来马去，到处迎请大奶奶过府去讲"乌勒本"。她的日程排得很紧，送上门的红字烫金请帖总有数十张，由爷爷看后，挑选名门或有商务往还的至交中无法推辞者，命总管家人和女眷护送前往。这可是最光彩的露面！奶奶声名远扬，瑷珲和省城卜奎都知富察·美容大名。故此，奶奶备受阖族上下敬慕。

一九三〇年秋，爷爷在故乡大五家子老宅病逝，一九三二年之后，奶奶主持家务，讲述"乌勒本"之任完全系于一身。尽管她常年在老宅里协助照料二女小荣的众儿女，不得歇息，且常犯心口疼病，夜不能寐，但为大五家子本族上下讲述"乌勒本"故事，却始终春秋如故，听者乐聚，仍不减德连在世时之盛。

一九四〇年，应其独生爱子、先父富希陆之请，奶奶赴先父在任的孙吴县四季屯居住三年，为四季屯满族人家讲唱了多部"乌勒本"，先父皆作详记。

一九四四年春，奶奶返回故乡大五家子二女家。当年旧历腊月，奶奶突然病重，先父希陆当时已调任孙吴镇兴隆村小学接信后急速乘车返回故乡，探视母病。其间，奶奶偶尔心情兴奋，便愿唱讲各部"乌勒本"选段，以消病缠，其情其韵不减当年。先父与其二姐富察小容及姐夫张石头并其子女月娥、胜斌、胜奎一家，泪听"乌勒本"。这便是先父后来常常追忆的肝肠痛事。奶奶最后一次卧炕讲述《奥克敦妈妈》，就是在黑龙江畔大五家子富察氏老屋。一九四六年春奶奶病逝，《奥克敦妈妈》竟成永久留念。

先父自幼受祖父母的教诲，酷爱民族文化遗产，因他从小通晓满文满语，与瑗珲地区属于阿尔泰语系满语支的鄂伦春、鄂温克、赫哲族老少兄弟促膝谈心，经年累月，与各族猎民交情至深，帮助整理家传佚文笔记，记录众多民歌、民谣和讲唱数日数月的长篇口碑传说。先父的采风情怀，对我们兄弟影响甚深。我与弟弟妹妹们，有时也能帮助先父收藏和归拢零散的文稿，成为我们生活中的乐趣。悲莫悲兮，好景不长，一九四七年春，慈母病逝。这是对先父和我们兄妹莫大的沉痛打击。俗云：伉俪谐和，方为家室。先父丧偶，兄弟失母，窘相交加。先父素为我入学蒙师，从孩提至小学乃至十七岁中学毕业，一直为立身之师，对我待人接物、选贤择友，严苛问学，从未稍懈耳。尽管面临痛苦的遭遇，当年仍让我考入中学深造。一九五一年以优异成绩选送齐齐哈尔师专进修，次年为黑河中学教员。一九五四年考入长春市的东北人民大学。先父在农村供销社繁忙的工作之余，始终牢记慈母生前的叮嘱，常常忘记歇息，一有空隙，便从未疏忘对满族"乌勒本"遗文的钩沉和追记。凡有暇时，便找自己二姐夫张石头和本屯老友杨青山等知音，互相启迪、回忆和切磋说部文本诸多遗忘的关键细节，使不少古传文本得以激活。我钦敬这些民族文化守望者，他们对于"乌勒本"的留存功莫大焉。其中，满族传统说部窝车库"乌勒本"《奥克敦妈妈》，就是先父与青山爷爷老哥儿俩，共同追忆、记录、整理的。

时维一九五八年春，我即将于当年秋十月大学四年毕业。回故乡省亲，先父喜迎我这个归乡学子。故乡有了大学生，全族长辈们齐来看望，家舍充盈着从没出现的喜庆声。父亲多么兴奋啊！老人按照富察氏家族故有的传统旧俗，每逢喜庆必说讲满族说部"乌勒本"，何况族中长老和父亲都知我从小就喜欢说唱"乌勒本"，是出了名的小传讲人。这次，父亲特意把他的老哥哥、瑗珲诸屯颇有名气的"乌勒本"安班色夫杨青山爷爷邀来了，为阖族助兴。青山爷爷是我最敬重的"乌勒本"说唱尼雅玛，也是我的授业色夫，因我的长大和学成归来，他欢喜得落泪。我终生难忘这一天，在故乡大五家子百年富察氏家族老宅的西厢房东暖阁，亲友来得很多，一边饮酒吃鳇鱼馅饺子，一边喜听青山爷爷讲唱"乌勒本"。众长辈兴起，一定让青山爷爷再露一口，多长时间没有听到他洪亮的嗓音啦！青山爷爷也因我回来，不知何日能再有这种机遇，老人家高兴地说："好，好！那我唱《奥克敦妈妈》吧！这可是我从你们的奶奶富察老太君那儿学来的最拿手的满洲窝车库'乌勒本'美丽神话啊！"

　　说来，凡事难以预料，此番相聚真成了永久的怀念。我自那年回家乡聆听青山爷爷讲唱满族"乌勒本"《奥克敦妈妈》之后，回到长春未久，一九五九年由冬亚光弟传来噩耗，受满族诸姓爱戴的青山爷爷于秋日无疾而终。

　　今日，我含泪讲述神圣的满族窝车库"乌勒本"《奥克敦妈妈》，是对奶奶、青山爷爷和众位满族传统文化忠诚守望者的亲切缅怀与纪念！奥克敦妈妈，是满族萨满祭礼中家喻户晓、备受世代崇祀的神威女神。满族及其女真先世素承家规，儿孙们务记"今日之福，当思来之不易"的古训，勉励后世慎终追远，奋志蹈进。《奥克敦妈妈》就是记述满族先人由愚氓走向进化的非凡的开发史，纵情讴歌奥克敦妈妈的呕心沥血。所以，奥克敦妈妈不仅是萨满祭祀中常祀不衰、供奉在灶房西墙上木刻"七人八马"形态的护宅神，而且最尊贵的窝车库"乌勒本"——《奥克敦妈妈》，也成为满族世代立身为本、百听不厌的子弟书。《奥克敦妈妈》原为满语，因屯里说满语的年轻人渐习用汉语，说满语的人越来越少，二十世纪三十年代中叶起，由奶奶改说汉语，听讲者尤众。因其情节深沉，娓娓讲述满族早期的荒蛮固俗，生动活泼，栩栩如生，令人均倍感亲切。

　　二〇一三年癸巳秋月，我将讲述全稿交请王卓女士，由她悉心整理问世，谨表谢忱，以飨读者。

二〇一四年二月十日

第一章 引　　歌

噢依吟哦——
　　　妈妈^①耶，
噢依吟哦——
　　　玛发^②耶，
噢依吟哦——
　　　阿古^③耶，
噢依吟哦——
　　　色夫^④耶，
噢依吟哦——
　　　尼雅玛^⑤耶！

欢乐的时辰，
幸福的日子。
兴安松柏的——
　　　熊熊篝火燃起来，
朱申^⑥众姓的——
　　　乌春尼玛琴唱起来。

淑勒乌拉给春窝莫罗西^⑦，

① 妈妈：满语，奶奶。
② 玛发：满语，爷爷。
③ 阿古：满语，阿哥。
④ 色夫：满语，师傅。
⑤ 尼雅玛：满语，人。
⑥ 朱申：满语，女真。
⑦ 淑勒乌拉给春窝莫罗西：满语，聪慧的孙子们。

塞依堪沙里甘居西^①。
妈妈赐给我——
　　　昊天的歌喉，
妈妈赐给我——
　　　撼兽的舞步。

擂动豹尾槌吧，
震响鲸皮鼓吧，
窝莫罗西，
怀抱悠扬的革突罕^②；
沙里甘们，
紧拍悦耳的恰勒其^③。

为迎迓，
　　　慈祥的圣母妈妈降临，
　　　祖先留下的古老乌春，
　　　我抖抖精神唱起来。

彩凤来仪兮，
奥克敦妈妈临降兮！
吉祥福康兮，
永世其昌！

哦咧离——
哦咧——哦咧——
哦咧离——
哦咧——哦咧——

---

① 塞依堪沙里甘居西：满语，俊美的姑娘们。
② 革突罕：满语，两弦琴。
③ 恰勒其：满语，扎板。

第二章 序　歌

萨哈连乌拉，
是一条淌着白银的河啊；
萨哈连乌拉，
是一条淌着黄金的河啊。

萨哈连乌拉，
是妈妈河啊；
萨哈连乌拉，
是朱申人生命的大宝库啊。

萨哈连乌拉，
生来脾气暴啊，
宽江怒水，
日日涌荡凶涛。

朱申们生来——
　　爱戏水啊，
最喜好——
　　风雷凶涛里任逍遥。

一道道闪电，
一声声惊雷，
鸦鹊，
早已藏匿入密林，
怒浪拍岸，

犹闻笑语喧哗。

白发长髯老舵公，
萨哈连乌拉万事通。
氏族的祥瑞，
子孙的主心骨。

只听白发爷爷一声令，
俊俏的格格们扯篷帆，
健壮的哈哈们齐划桨。
九艘帆船像九支离弦箭儿，
瞬间冲进了大江心。

乌云笼罩里听得见，
手把船舵来呐喊：
"窝莫罗西哎，
沉住气，
心不慌，
快快撒下——
　　百庹长的白线大网吧，
让江心的鱼儿——
　　跃满舱！"

真是——
　　天下奇观，
真是——
　　开心景象。

一霎时，
江涛翻了天。

江中——
　　鱼群嬉戏正欢，

忽拉拉，
鱼儿被托出了水面，
惊动百条大小鱼儿——
　　　满船跃。

像天女散花，
像银燕穿梭，
跃出鲤鱼条条，
鳌花、哲罗满船跳。

顿时，
泛起白浪蒙蒙，
顿时，
船边细浪滔滔。

风吹金穗大地，
涌起谷浪层层。
谷穗飘香，
传来——
　　　笑语绵绵，
　　　歌声阵阵。

时逢新粮上场，
库满仓盈。
麋鹿满圈跑，
肥猪胖难行。

妈妈穆昆——
　　　笑眯了眼，
玛发穆昆——
　　　乐开了怀：

"哈哈济们，

快快备好——
　　　山中的野果，
　　　草地的鲜花，
　　　大把大把的榛子，
　　　一捧一捧的都柿，
　　　一篓一篓的核桃，
　　　一串一串的葡萄。
赶着小马驹儿，
驾着嘞嘞车，
如数交给锅头妈妈。"

七十岁的——
　　　萨克达萨玛爷爷，
八十岁的——
　　　佛克辛萨玛妈妈，
从去冬到今春，
从今春到秋收，
忙碌了——
　　　一冬一春，
　　　一夏一秋，
所有祭品——
　　　全部备办整齐。

最惦记儿孙的，
还是萨玛神调，
唱得准不准？
萨玛神歌，
记得牢不牢？

整日里，
率领噶珊窝莫罗西，
传乌云，
学萨满。

彩裙铃佩，
神歌悠扬。

鞑子香的神烟，
雾绕晴空；
洒面糕的香气，
飘满噶珊。
阖族的盛祭，
神鼓阵阵就开始啦！

萨玛虔诚动鼓迎神灵，
天穹地宇千千位。
鼓点声声——
　　　动天地；
腰铃叮叮——
　　　撼心脾。

祖先们，
要传颂伟大的先人——
　　　奥都妈妈的伟业。
是她为咱朱申人——
　　　开创了生存之路；
是她为咱朱申人——
　　　最先驯养了骏马。

从此，
大河靠行船，
旱路靠征马。
风行千里路，
骏马赛蛟龙。

女真开天事，
业绩震惊雷。

儿孙千百代，
马祭永流传。
世代香烟绕，
常祀永不衰。

第三章 乌米亚罕最有能耐

相传，
在遥远遥远年代，
是达妈妈、达玛发①，
刚刚降生的年代。

在翁古妈妈的——
　　窝车库神龛上记载；
在翁古玛发②的——
　　萨满神谕上传讲。

遥远遥远——
　　洪荒远古时候，
混沌初开——
　　没有人烟时候。

世上，
只是陌生的——
　　林莽、怪蛇、猛兽；
一条条喧啸的——
　　江河、湖泊；
一片片雾茫茫的——
　　汪洋海流……

① 达妈妈、达玛发：满语，最早的远世祖。
② 翁古妈妈、翁古玛发：满语，曾祖母、曾祖父。

年年岁岁，
岁岁年年，
循环不已，
轮回不休。

一天，
主宰天穹寰宇的——
　　阿布卡赫赫，
与巴那吉额姆、
卧勒多赫赫，
两姊妹女神商量：

"吾等沉寂冷清的世上，
实在欠缺精灵之气。
该有奔放活泼的——
　　乌米亚罕[①]，
有执掌大地之——
　　智者啊！"

两姊妹，
相顾颔首，
心领神会，
异口同声附和：
"所言甚善！"

那么，
执掌大地之智者——
　　乌米亚罕，
到底该是啥样子呦？
三姊妹神——

---

① 乌米亚罕：满族创世神话中特有的理想神祇形态。在古老的萨满原始文化观念中，宇宙皆源于水，水生气，气凝华而生万物，故万物蕴有宇宙精髓之一切特质和优长。乌米亚罕为宇宙精髓之佼佼者。

一时心中无数。

最终，
三姊妹女神就以
大地穹宇众精灵的特能——
　　　能听、
　　　能看、
　　　能吃、
　　　能走、
　　　能说、
　　　能嗅、
　　　能育。
七功能，
揉萃融华，
捏出了乌米亚罕。

可是，
三姊妹女神尚不满意：
乌米亚罕——
　　　若远超世间万物，
其最大优长——
　　　该在哪里啊？

揣度来，
揣度去，
三姊妹女神，
猛然彻悟：
"对呀，对呀，
乌米亚罕，
应当——
　　　脑容大，
　　　脑子活，
　　　脑子灵，

最善想，
出类拔萃，
无敌于天下，
才更有用啊！"

于是，
赋予乌米亚罕萌生——
　　善想，
与"七能"合曰——
　　"八功"。
从此，
世上有了高明的——
　　人类！

三姊妹女神，
教人勤用"八功"：

千锤百炼，
百折不挠；
累积升华，
日臻完备。

智能与敏思，
相成相辅；
艰辛和汗水，
濡育品格。

刚强无畏，
顶天立地。
技压八方，
智超群牲。

三姊妹非常满意，

赞美曰：

"乌米亚罕啊，乌米亚罕，
你是最擅长——
　　　用脑之人；
大地由此会——
　　　勃勃生机，
　　　世世代代，
　　　欣欣向荣。"

三女神的苦心和祝福，
被地下魔鬼耶鲁里听到，
他最嫉妒，
世间的生气和欢乐，
发狠诅咒，
切齿不容。

耶鲁里，
凭仗着——
　　　身有九头十八眼十八臂，
　　　远超世上一切生灵的智力，
时时，
敢与阿布卡赫赫、
　　　巴那吉额姆、
　　　卧勒多赫赫，
争雄对峙，
妄图，
除掉乌米亚罕，
独揽宇内，
统御万牲。

耶鲁里灵机一动，
便跟阿布卡赫赫，

打起赌来。
他说：

"尊敬的、
无所不能的——
　　天宇大神啊，
你们造乌米亚罕人形，
何等烦琐笨劣啊！

看我吧，
就靠一蓬蓬老豆秧，
就能迅即改变一切，
让大地变色。"

善良的——
　　阿布卡赫赫，
从来，
都希望，
世间万灵的心肠，
能像她一样，
喜欢恩惠众生。

巴那吉额姆、
卧勒多赫赫，
心中有数，
劝说挚爱的姐姐：

"耶鲁里的心机，
曲曲弯弯；
耶鲁里的心肠，
弯弯转转。
咱们，
可不能轻信，

他的鬼话。"

阿布卡赫赫，
觉察耶鲁里，
又在玩诡计，
在哄骗她们姊妹。
可是，
阿布卡赫赫考虑：

耶鲁里诡计多端，
既要时时警觉，
及时揭穿其图谋，
又不能让恶魔得逞，
因此，
必须在斗智中，
增长擒魔经验。

于是，
阿布卡赫赫，
佯装同意，
跟随耶鲁里，
同下云端，
来在一片大地上，
察看究竟。

身边的卧勒多赫赫小妹，
机灵地嘱咐姐姐当心，
时刻紧伴在其左右，
不错眼珠地，
保护姐姐的安危。

阿布卡赫赫，
巴那吉额姆，

卧勒多赫赫，
瞧见耶鲁里用手一晃。

大地上，
一片老豆秧秸棵上，
顿时，
神奇地生出——
　　浓浓的白粉、黄粉，
盖住了——
　　老豆秧本来的绿色。

此时此刻，
居心叵测的耶鲁里，
正在作恶：

白粉是严寒的象征，
黄粉是沙漠的象征，
吞噬大地的绿容，
使万物枯死。

唯有靠太阳光辉照耀，
老豆秧碧绿葱葱，
才能茁壮成长，
生出肥硕的豆荚，
供养大地上万物食用。

没有雨露的哺养，
老豆秧秸棵上，
只萌生一片白粉，
那将挡住阳光照耀。

像婴儿断了奶汁，
最终新长成的——

豆秸嫩芽，
必会——
　　萎缩死去。

三女神见此情景，
心如刀绞，
愤怒地说道：
"耶鲁里，
不知痛改前非，
还在作恶！

豆秧本是人畜必备口粮，
如果大地上生不出老豆秧，
世上的人啊，
就少一种食物，
人类怎么活啊？"

阿布卡赫赫三女神，
马上招来风妈妈——
　　掀起昊天的飓风，
将盖满大地上一蓬蓬老豆秧上的——
　　白粉、黄粉，
迅疾吹净。

就在这时，
耶鲁里，
嗷嗷狂吼，
发淫威道：

"三姊妹，
你们——
　　又上我的大当啦！
风，

成了我的帮手，
你们就要——
　　死在我白色和黄色的，
灾难之中！"

只见一蓬蓬老豆秧上，
所有白粉黄粉，
化成漫天的——
　　飞雪和黄沙，
铺天盖地——
　　裹住三女神。

耶鲁里，
妄想借风力，
淹没三女神，
将三女神捏造出来的——
　　乌米亚罕，
也一并窒息在——
　　沙雪之中。

耶鲁里罪恶之心，
岂可征服得了，
穹宇三神的——
　　正义威力；
更迷乱不了，
穹宇三神的——
　　睿智心窍。

耶鲁里，
这回可真是——
　　错打算盘，
　　痴心妄想。

诡计——
　　　终不能得逞，
恶果——
　　　终得恶报。

哪知——
　　　白粉寒雪毒雾，
哪知——
　　　黄粉飞沙走石，
早被三女神姊妹，
一身正气和红光，
　　　驱逐、焚烧净尽，
连同耶鲁里一起——
　　　逃入地下，
再不敢显露——
　　　魔鬼真容。

阿布卡赫赫，
幻化出祥光万道，
遍照寰宇，
使天宇，
恢复一片生机。

一蓬蓬老豆秧上，
霎时间生长出，
活跃的小小乌米亚罕，
爬出了秧秸，
玩耍在大地上……

太阳升起，
霞光普照。
乌米亚罕舒展身形，
越长越大，

越长越高。

从此，
才有了尼雅玛——
顶天立地的人！

第四章　古老的尼雅玛乌春①

大地经历了，
一片洪荒汪洋的——
　　年代；
大地经历了，
一片朦胧雾霭的——
　　年代；
大地经历了，
一片苍凉冷酷的——
　　年代；
大地经历了，
一片死寂无声的——
　　年代。

阿布卡赫赫、
巴那吉额姆、
卧勒多赫赫三女神，
为世界造成——
　　万物，
　　万牲，
　　尼雅玛——人。

在生民还不懂，

---

① 乌春：满语，歌。

记载时日的——
　　　年代；
在生民还不懂，
辨别冷暖的——
　　　年代，
在生民还不懂，
识用火食的——
　　　年代，
在生民还不懂，
方位气象的——
　　　年代。

阿布卡赫赫、
巴那吉额姆、
卧勒多赫赫，
合力绥靖穹宇，
打败凶恶暴戾的耶鲁里。

恶魔，
狼狈逃匿地下，
再不敢，
猖狂作害。

破碎的狼藉大地啊，
从此——
　　　得到安歇，
从此——
　　　得到喘息，
从此——
　　　得到强壮，
从此——
　　　得到宁静。

一条条溪河，
一片片沃土，
阿布卡赫赫，
用骄阳——
　　晒洗苔毒；
巴那吉额姆，
用身肌——
　　填平沟壑；
卧勒多赫赫，
用万星——
　　撒满天灯。
三姊妹，
同心勠力——
　　装点着大地。

不知若干斯年，
耶鲁里作恶的毒性，
才散净；
不知若干斯年，
大地，
才烁然苏醒，
焕然一新。

天蓝啦，
沙退啦，
土黑啦，
山青啦，
水秀啦……

大地上，
长出——
　　嫩绿的蒿草，
生出——

蹦跳的虫蛙，
飞驰——
喧啸的鸟兽，
钻出——
茁壮的树木。

一片片，
一墩墩，
一丛丛，
一簇簇……

煦风、
温雨、
阳光，
照呀照，
把它们照育成为——
钻天托云、
翠染崖谷、
俯瞰苍穹、
威武傲然的——
松柏槐桦、
柞柳榆荆，
众兄弟。

遍地开花，
苍茫如海。
草长莺飞舞，
百鸟架巢忙。
肥地里的蘑菇，
阵阵散幽香……

不知若干斯年，
大地上——

　　不单林木葱茏，
大地上——
　　也是鸟兽密集：

鸷禽中的——
　　　　鹰鹏，
猛兽中的——
　　　　虎豹，
沧海中的——
　　　　鲸鲨，
江湖中的——
　　　　鲟鳇，
湿沼中的——
　　　　蛇蟒，
地穴中的——
　　　　凶蛟，
都凭躯体、
　　　　利齿、
　　　　锐爪，
雄霸一方。

弱肉强食，
以大欺小，
血腥杀戮，
走死逃亡，
散群失伴，
哀声遍野。

堪夸嗡嗡巢蜂，
小小蝼蚁，
求生奔食，
不可貌相。

其志之坚，
其威之巨，
可淹江河，
可噬庞蟒巨鹿。

生死相依，
本性使然。
众志成城，
锐不可当。

切勿——
以躯小而蔑视；
切勿——
以牲微而讥笑。

自成方圆，
自成天地，
岂可欺之，
岂能辱之。

万牲足多且爬行，
弱肉强食酷无情。
神母思创开天地，
捏出生人方称奇。

双肩担走生涯苦，
头向青天辨风云。
霜刀雪剑何所惧，
顶天立地堪为人。

然而，
不知若干斯年，
兽有兽能，

鸟有鸟技，
鱼有鱼能，
虫有虫技，
稚幼嫩弱者，
仍属乌米亚罕。

尼雅玛，
双脚不如兽，
扬臂不如鸟，
肌体难御寒，
众生唯弱群。

春夏秋冬，
风雷雨雪，
岩石树枝——
刮得身躯鲜血淋漓；
蚊虻虫蚤——
咬得周身疮疤痕痕，
天暖生涯尚逍遥，
尤恨冬雪出洞难。

多少尼雅玛，
饮食无济——
留白骨；
多少尼雅玛，
风霜折磨——
得顽疾；
多少尼雅玛，
虎豹狼虫——
野害欺。
尼雅玛——
僵尸遍地。

大地，
生生灭灭；
大地，
消消长长。
万牲孳衍，
无忧无虑。

最受欺辱——
　　莫过尼雅玛，
生长迟缓——
　　莫过尼雅玛，
散乱无章——
　　莫过尼雅玛，
族群无主——
　　莫过尼雅玛。

谁来——
　　帮助尼雅玛？
谁会——
　　提携和指点迷津？

尼雅玛——
　　稚弱、被欺凌，
尼雅玛——
　　深沉呼唤怜悯和护爱，
惊动了阿布卡赫赫、
　　巴那吉额姆、
　　卧勒多赫赫三姊妹。

阿布卡赫赫说：
“小树靠栽培，
花草靠抚养，
稚弱的尼雅玛，

也要有褓娘护爱。

盼尼雅玛，
不负厚望，
大有作为，
聪慧的智勇，
远超万牲，
堪能主宰寰宇。"

卧勒多赫赫说：
"是啊，
姐姐说得好。
尼雅玛，
虽已蕴生——
　　远超万牲的智力，
咱们不去开导——
　　仍是枉然。"

巴那吉额姆说：
"尼雅玛，
初生大地，
办事稚嫩，
不晓得——
　　规范生息，
不晓得——
　　书礼习尚，
或受何种委屈也会有的。
那又由谁，
去扶持最方便呢？"

阿布卡赫赫，
卧勒多赫赫，
想了想，

齐声说道：
"你住在地上，
天天跟尼雅玛打交道，
那你该想想办法啊！"

巴那吉额姆点头应允：
"众姊妹们呐，
好吧。
想当年打败耶鲁里，
耶鲁里最恨咱们的一位后盾。

她可是穹宇，
最古老的妈妈，
力量无边，
智慧无穷，
堪当，
尼雅玛的褓娘。

就让这位妈妈快快去吧，
用她旺盛的——
　　赤心和热诚，
调教幼稚的——
　　乌米亚罕、
　　尼雅玛吧！"
她，就是奥克敦妈妈。

第五章　奥克敦妈妈燃起智慧之光

风尘仆仆的——
奥克敦妈妈，
生辰，
与天地同龄，
与日月同庚。
风霜镌刻的容颜，
刚毅伟岸。

数不清的——
　　层层脸皱，
数不清的——
　　长长银鬓。

饱含记忆的，
炯炯目光，
可算是——
　　穹宇中的两面明镜。

她温柔的巨掌，
拥抱过寰宇；
她满脸的皱褶，
亲慰过三神。

阿布卡赫赫、
巴那吉额姆、

卧勒多赫赫，
三姊妹大神，
个个敬意绵绵，
深怀感戴之情。

当年，
鏖战九头恶魔——
　　耶鲁里，
奥克敦妈妈——
　　劳碌其间。

朝朝暮暮，
为三姊妹，
搬水送食，
来去无影，
迅如闪电，
降妖除魔，
尽心尽力，
让耶鲁里，
恶氛消散。

那时，
奥克敦妈妈，
并没有啥名号，
留在——
　　巴那吉额姆，
身边陪护，
依旧——
　　不嫌不避，
　　忠贞勤勉，
甚赢巴那吉额姆的宠爱。

巴那吉额姆，

敬佩妈妈品格殊伦，
与阿布卡赫赫、
卧勒多赫赫商量，
三姊妹不约而同说：

"善哉，善哉。
妈妈——
        最忌恨懒惰，
妈妈——
        最喜欢勤快，
凡事务谋昌盛，
称颂奥克敦妈妈吧！"

奥克敦妈妈，
双目似火，
能洞彻万重妖雾；
奥克敦妈妈，
满脸皱纹——
        如重峦叠嶂，
镌刻着——
        无穷的阅历和智谋。

奥克敦妈妈，
缘何有这般资历？
皆源自，
阿布卡赫赫、
巴那吉额姆、
卧勒多赫赫三女神，
因奥克敦妈妈襄助三神，
战胜耶鲁里有功。

姊妹们最后商妥，
怜惜缥缈散失的、

遭恶魔蹂躏垂亡的——
　　百花、
　　百兽、
　　百鱼、
　　百虫——
　　　　　　残魄香魂。
用神光，
抚慰召拢一起，
像厚礼，
送给奥克敦老姐姐。

奥克敦妈妈，
从此长生不老，
宇宙间大小精灵生物的——
　　残魄香魂，
凝聚到，
奥克敦妈妈一身，
拯铸成，
聪慧、
贤德、
勤勉、
多谋的——
　　不死奉侍大神。

如今，
奥克敦妈妈，
怅惜地，
告别巴那吉额姆，
泪眼难舍难离。

巴那吉额姆，
动情地说：
"吾何曾舍得尔远行呀，

只因，
尼雅玛需要妈妈。

再赏你沙克沙和莫林^①，
做你帮手。
天地赖尔繁荣，
殷祝好自为之！"

从此，
奥克敦妈妈，
带领着机灵的——
    沙克沙和莫林，
幻化成蹒蹒跚跚的——
    拄杖老太婆，
带俩梳爪髻的小格格，
飞降大地，
来到尼雅玛之中。

老妈妈，
乍到尼雅玛中间，
眼前景象，
使她无限怜爱惆怅。

瞧见，
众多尼雅玛，
像遍野蝼蚁；
尼雅玛，
如此寒苦。

一群群，
一伙伙，

---

① 沙克沙和莫林：满语，喜鹊和马。

三三两两，
忽东忽西，
茫茫无主，
流离奔波。

在沟谷里，
畏缩——
　　像群貉鼠；
在蒿堆里，
蜷缩——
　　像群獾猪；
在枯枝上，
蹲缩——
　　像群寒鸦。

尼雅玛，
一道道惊恐的目光，
不住地惊魂未宁，
盯视四方。
一旦有虎狼鹰蛇响动，
便迅疾逃之夭夭。

忽然，
仰望中走来了，
从未见过的，
一个满脸皱纹的——
　　老太婆，
还手拉两个——
　　小女孩。

老太婆把手上一大块鹿皮，
披在尼雅玛身上说：
　　"盖上吧，

暖和！"

尼雅玛惊奇，
用手比画示道：
"怪呀，
你们从哪儿来的，
咋头次见到你们呢？"

奥克敦妈妈，
笑容可掬，
拍拍心窝，
手点对方说：
"孩子们，
说远——
　　我来自天边，
说近——
　　我来自你们心上。"

奥克敦妈妈，
　　生就赤热炽烈的——
　　　　　慈母般情怀，
乍知尼雅玛——
　　在大地上如此贫弱，
潸然泪下，
百倍亲昵，
走过来——
　　抱这个，
　　亲那个。

众尼雅玛——
惊惶失色：
亘古频见兽伤己，
哪见世间爱抚情？

霎时反而全跑了，
嘴里边吵边叫：
"神来喽，
鬼来喽，
咋遇上如此模样的——
　　　老婆婆哟！"

奥克敦妈妈
初到大地上，
与众尼雅玛，
一时无法沟通。
疑惑奇怪，
尼雅玛跑什么？

别看奥克敦妈妈，
拄波罗棵大拐杖，
她扬起拐杖一招呼，
十几个——
　　　向前猛劲跑的尼雅玛，
仿佛背后——
　　　伸来巨手薅脖子，
何况沙克沙和莫林，
也在追，
尼雅玛们——
　　　能跑出天边吗？

平时纵有，
小鹿小兔的——
　　　速度，
如今双腿，
如同木桩子——
　　　沉重，
又活像，

让大地咬住——
　　迈不动，
　　也挪不开。

一股股无形聚力，
让尼雅玛们，
规规矩矩、
老老实实，
全都给蹲到——
　　老婆婆跟前。

尼雅玛们，
心怦怦跳，
不知所措。
这才觉察到，
有生以来，
头遭遇上了——
　　神婆婆。

只见，
奥克敦妈妈，
一脸皱纹散开，
笑得那么爽朗慈祥。

一不计较，
二不嗔怪。
自拍拍心窝，
动情问道：

"尼雅玛们啊，
你我初来乍见，
互不信任，
情有可原。

但缘何要如此——
　　恐惧逃避呢？"

众尼雅玛，
瞪瞪眼，
抿抿嘴，
半天似有领悟，
拉着妈妈手示意：

"世世代代尼雅玛，
弱体笨脚最遭欺。
惧怕，
任何与尼雅玛——
　　长相不一、
　　不熟悉的人，
相聚怕成祸端。"

奥克敦妈妈关切问：
"是狼，
是虎，
是谁——
常敢欺侮你们？
尼雅玛，
缘何这般冷落，
天天胆战心惊熬时光。"

尼雅玛们很感动，
原原本本，
说给老婆婆：

"尼雅玛生来老习惯——
　　不恋山水亲妈妈。
朝夕相偎送日月，

山南沟北，
有上百妈妈窝。

独树一帜——
　　妈妈窝，
各有严峻——
　　妈妈规。
生死驱逐自裁决，
同气相求同柱徽。

不怕狼，
不惧虎，
虎豹熊狼——
　　均可躲。

如今，
尼雅玛生聚多，
强欺弱，
大压小，
最怕外敌常袭扰，
找水觅食互残杀。"

有一个大胆的，
老尼雅玛，
舞动着双手，
示问道：

"我活世上，
看过多少——
　　日出月落，
熟悉四周——
　　山河崖谷。
该认识的尼雅玛——

实不少，
为啥没有见过——
你们模样呢？"

奥克敦妈妈，
站起身，
示意说：

"噢，
我是——
　　巴那吉额姆天母侍女，
她俩是——
　　机灵的沙克沙和莫林，
受命同到大地上，
一心帮助所有尼雅玛的。"

尼雅玛们听后，
个个兴奋喜悦，
然而依然疑惧，
少顷悄悄离去。

沙克沙和莫林，
拦都没有拦住，
霎时，
藏匿得无影无踪。

奥克敦妈妈很有耐心：
治病——
　　要找到症结；
遇事——
　　要找到缘由。

命展翅千里的沙克沙，

快快化形，
跟随访察：
尼雅玛们，
究竟有何许阻拦？

于是，
一只健美的——
　　沙克沙，
像箭一般盘旋在——
　　　草莽、
　　　岩洞、
　　　地穴、
　　　丛林。

凡有尼雅玛影子的地方，
不论黎明或者傍晚，
总传来——
　　　喳喳喳、
　　　喳喳喳，
　　　不停叫声。

叫得尼雅玛心醉，
叫得尼雅玛坐卧不安，
无奈何，
露了面。

奥克敦妈妈，
早站在柴门口等着。
一个个拉到——
　　　山坡下芍药坪上。

沙克沙和莫林，
给采来一大堆——

黑葡萄、
核桃、
山里红、
草莓，
一大木槽芬芳的——
甜蜜、
小鹌鹑蛋。

野人似的尼雅玛，
哪尝过——
这么多可口美味，
不顾一切——
尽情地填饱肚子。

奥克敦妈妈豁然开朗：
还是没有走进，
尼雅玛的——
心灵；
没有成为，
尼雅玛生命中的——
唯一。

如何赢得尼雅玛信任呢？
奥克敦妈妈，
让沙克沙化形，
悄悄暗察——
尼雅玛生活之路。

一只长尾白肚囊——
小喜鹊，
天天飞翔在——
有尼雅玛们的地方。

小喜鹊喳喳叫着——
　　观望着尼雅玛，
小喜鹊知道了——
　　许许多多尼雅玛的故事。

原来，
世上众牲，
瞧不起尼雅玛：

鸟儿凭翅羽，
遍野翱翔觅食；
兽群窜山越涧，
八方猎获美味；
鱼儿江海安家，
何愁饥贫；
百虫娇柔身质，
广采天下甘露；
无忧无虑，
堪比江河，
与群山同岁。

然而，
尼雅玛呢？
众类中，
凭啥能耐全没有啊！

光光的身姿，
站立行走——
　　藤萝刮体身出血，
　　尖石啃足地染红。
　　尤怕冰霜风雨夜，
　　慨叹尸僵梦中魂。

小喜鹊，
喳喳叫，
将信息，
忙禀报。

想当年，
奥克敦妈妈，
侍奉过三女神，
不仅起居饮食，
郁情思绪亦帮助排解。

身经百战，
胸有成竹。
最解胸中闷，
善治心中病。
如今降人世，
安能难住妈妈？

亘古，
尼雅玛，本无教，
愚氓野性任逍遥。
奥克敦妈妈，
受命降世慰黎庶，
凝沙成塔铸天骄。
慈音热语何嫌苦，
殷殷诱导开心窍。

奥克敦妈妈，
忠告众尼雅玛：
"命本无强弱，
贵在锐志坚。
蚁小垒高垤，
蜉蝣能遮天。"

奥克敦妈妈，
率领众尼雅玛，
来到河滨——
　　　观鱼，
来到山冈——
　　　观鹿，
来到湖畔——
　　　观獭，
来到草丛——
　　　观蜂。

尼雅玛窝里，
头一次
出现了，
会心的笑声。

奥克敦妈妈，
为乘胜开拓好气氛，
便指点众尼雅玛说：
　"孩子们呐，
好事要多磨，
我再教你们个玩法去！"

奥克敦妈妈，
渐渐在尼雅玛中——
　　　赢得威信，
便带着好奇的尼雅玛们，
来到生来都不敢问津的——
　　　一片密林。

嫩草幽香，
野菇遍地。
成群野猪，

正拱地饱食。

尼雅玛们，
虽认识野猪，
但惧其群居，
并有巨齿獠牙的雄猪护持，
从来不敢近前招惹。

此番，
尼雅玛们，
虽然忐忐忑忑，
有了，
神婆婆、沙克沙与莫林，
胆气，
油然而生，
生龙活虎，
无所畏惧。

奥克敦妈妈，
带沙克沙与莫林，
把一群尼雅玛，
分成三组。

各领一组尼雅玛，
选在野猪出没的草坪，
教尼雅玛，
砍树削枝做镐——
　　掘地土，
挖出数座——
　　大陷坑。

然后，
奥克敦妈妈，

让每个尼雅玛，
捡巨石两块，
远离，
一座座大陷坑，
跟随她，
走入林中。

隐蔽草丛，
静静等待，
眺望野猪出没，
观看一场惊天动地的——
　　　好戏。

只见奥克敦妈妈，
攀登上山岗，
站在柞木林里，
双手捂着嘴，
猛力模仿起——
　　　虎啸声音。

惊骇凄厉的，
一声声呜——呜——
　　　嚎声，
在山风里——
　　　传播开来。

突然，
树林里一片喧嚣，
原来，
惊动了一群野猪。

在一只千斤獠牙头猪卫领下，
猪群，

从密林中，
逃向远处山脚，
前方，
正是挖好的陷坑。

一猪二熊三猛虎，
历来残狠莫如猪。
所以，
众尼雅玛，
从来不敢观看——
　　猪群奔逃，
尤其不敢观瞧——
　　迎面闯来的、
　　正狂逃的，
　　獠牙公野猪：
它遇上前面任何挡道物，
必撕裂粉碎不甘休。

众尼雅玛，
哪见过这场面呀！
早已，
吓得想扭身逃散，
无奈，
沙克沙和莫林在监视，
何况惧怕逃不出——
　　神婆婆的巨掌，
只好闭眼，
乖乖听从调遣。

奥克敦妈妈，
鼓励尼雅玛们：
决不可退缩，
不能——

　　蹲着，
　　藏着，
　　　　躲着。

孩子们，
纵情地——
　　玩吧，
像个——
　　　最勇敢的狩猎者！

临到，
胜利时候啦；
临到，
丰收时候啦。

一鼓作气，
再接再厉，
拼命地踏歌狂舞，
大声地——
　　　奔跑、
　　　跳跃、
　　　呼叫，
还要不停地，
狠砸手中巨石——
　　　发出响动，
　　　拼出火花，
越震耳，
就越会，
产生奇迹。

众尼雅玛，
生来——
　　　没参与过这种玩耍，

真是稀奇古怪啊！

顿时，
眼前出现了奇迹：
野猪群满山惊叫，
百余只小猪崽，
追赶母猪，
嚎声凄惨，
震昏了猪群素有的记忆，
个个不听头猪呼叫，
慌不择路，
各奔东西。

许多母猪、幼崽逃错方向，
没能，
跟随千斤獠牙头猪——
　　　脱险，
一个个，
掉入——
　　　大陷坑。

奥克敦妈妈，
让尼雅玛，
用削尖的——
　　　树杈、
　　　巨石，
砸死野猪……

开天辟地，
有生以来，
头一次——
　　　分享到，

如此丰盛的猎物；
头一次——
品尝到，
　　　齐心协力的甜果。

往常，
奥克敦妈妈说"东"，
尼雅玛则唱"西"；
奥克敦妈妈说"南"，
尼雅玛则唱"北"。
总是，
南辕北辙，
大相径庭。

尼雅玛，
如今心窍顿开：
奥克敦妈妈的话，
不可无动于衷。

尼雅玛，
诚心实意，
开始，
相信神婆婆。

相信，
奥克敦妈妈——
　　　为尼雅玛，
送来智慧；

相信，
奥克敦妈妈——
　　　为尼雅玛，
送来福祉。

别看，
奥克敦妈妈，
满脸苍老，
正如她讲——
　　是悠悠岁月的化身；

别看，
奥克敦妈妈，
话语琐碎，
正如她讲——
　　是丰厚经验的倾吐。

奥克敦妈妈，
教会野人们——
　　立世格言，
　　生存信条：

溪流难成海，
孤木不成林。
尼雅玛，
要学蚂蚁——
　　永相济；
尼雅玛，
要像蜜蜂——
　　结同心。

顶天立地的——
　　尼雅玛，
事事处处——
　　先要想到集群。

只要众志成城，
世间，

就没有——
　　　能难住，
　　　尼雅玛的事；
世间，
就没有——
　　　能使尼雅玛，
　　　却步的事。

奥克敦妈妈，
语重心长：
"众尼雅玛啊，
传你绝诀务常诵：

世间，
莫如尼雅玛最聪明，
最惧饱食终日腹中空；
只要，
事事留心肯动脑，
万类生机应运生。

虎、豹、熊、狼、
鱼、鹿、獭、蛇、
鲸、鹰、雀、蜂，
各怀神功皆为师，
精心揣摩熟生巧。

跟着陆地众牲，
学本领：
没有翅膀——
　　　可以学窜涧，
没有利爪——
　　　可以学攀缘。

跟着水里众牲，
学本领，
没有鱼尾——
　　可以学划水；
没有鱼鳍——
　　可以学潜游。

天下无难事，
勤习变自由。"

是奥克敦妈妈，
教尼雅玛——
　　向阳择穴而居；
是奥克敦妈妈，
教尼雅玛——
　　结绳编织为衣；
是奥克敦妈妈，
教尼雅玛——
　　识别草药医病；
是奥克敦妈妈，
教尼雅玛——
　　钻木取火熟食；
是奥克敦妈妈，
教尼雅玛——
　　初识礼仪规矩；
是奥克敦妈妈，
教尼雅玛——
　　晓悟团聚事力。

从此，
尼雅玛，
成为众生中——
不敢侵犯的集群；

尼雅玛，

增长了生存的本领，

尼雅玛，

成为众生中——

　　　最有智能的人精灵。

尼雅玛，

开始亲近——

　　　奥克敦妈妈了；

尼雅玛，

离不开——

　　　奥克敦妈妈了。

纷纷把神婆婆、

　　　沙克沙、

　　　莫林，

让进自己洞穴，

把他们当成妈妈窝一员。

奥克敦妈妈，

进了洞穴，

才头次体察——

　　　尼雅玛妈妈窝。

尼雅玛，

笨拙愚昧，

不懂选择朝阳处，

防避潮湿，

洞穴里既冷且暗，

与鼠穴无异。

奥克敦妈妈，

让沙克沙和莫林，

在周围寻找高冈向阳的洞窟，

领着众尼雅玛，
离开腥潮蛆虫泛滥之地，
迁居进干燥——
　　能照射绺绺阳光所在，
尼雅玛——
　　个个欢欣鼓舞。

奥克敦妈妈，
首教尼雅玛，
学会择址，
懂得分辨方位，
通晓——
　　日出自东方，
通晓——
　　日落入西方。

日阳身暖，
日没身寒；
宜居之所，
不独洞穴。
高冈朝阳，
草木遮风。
夏树冬窟，
均属良居。
依山傍水，
丰衣足食。

从此，
尼雅玛，
广栖大地。
能听到了——
　　尼雅玛的笑声。

尼雅玛填充饿腹：
茹毛饮血，
不管是禽是兽；
不管是夏是冬。

奥克敦妈妈，
教尼雅玛，
认识火性，
既学会熟食，
又以火防卫，
驱散蚊虫，
猛兽惊逃。

然而，
世火何奇幻，
天下最难撷——
　　火是雷中来，
　　火是雨中来，
　　火是蹦着来，
　　火是跳着来，
　　火是笑着来。

撷火炽火源：
双石击——
　　生火，
双木钻——
　　生火，
鸣雷震——
　　生火。

尼雅玛，
学会——

石盆，
蓄火；
石罐，
存火……

因为，
奥克敦妈妈，
教人识火，
温暖——
永驻大地，
霜雪——
不再可惧。

从此，
尼雅玛穴室火炕；
从此，
尼雅玛地上架屋；
从此，
尼雅玛不惧冰雪严寒；
从此，
尼雅玛成北域之主。

尼雅玛，
自古野性，
随波逐流，
任性而为。

奥克敦妈妈，
教尼雅玛：
人贵善动脑，
认知各事物，
久日勤思考，
愚山化智海。

凡事有早虑，
遇难心安逸。

时光如逝水，
头脑渐开化。
尼雅玛，
生活愈顺畅：
水来修堤坝，
雪来住暖窖，
豹来有网套，
病来早备药。

尼雅玛，
欢欣雀跃，
笑问妈妈，
富足之道。

此刻，
奥克敦妈妈，
觉得水到渠成，
该完成她一腔夙愿，
到扭转乾坤时候了！

原来，
奥克敦妈妈，
乍见尼雅玛时，
有一桩最可恨恶习，
永挂心间：
强壮尼雅玛——
　　妻多肉多水饱喝，
衰老尼雅玛——
　　无食无水尸满坡。

奥克敦妈妈，
让尼雅玛们，
仔细观瞧：
每人有何变化？

众尼雅玛，
都按神婆婆的话，
相互认真观瞧。

平时没在意，
如今惊叫：
原来怪怪地发现，
有的尼雅玛，
黑发中添白毛，
有的完全白白的——
　　　　成为白毛人啦！

奥克敦妈妈说：
　"头发黑与头发白，
是阅历和经验的标志，
是生存思索的结晶。

时光催人老，
惜爱贵光阴。
每个尼雅玛，
都有发黑发白时。

黑发不忘白发，
白发不忘黑发。
尼雅玛要学会——
　　　　知老敬老，
尊崇——
　　　　风尘仆仆世间人。

生存大地时日长，
坎坷前程省事多。
沟壑苦恼应常忆，
当然晓彻处事理。

尼雅玛，
务记合力大，
凡事要抱团，
集群谋饱安。

雁有头雁，
鹰有首鹰。
蚁有蚁主，
蜂有蜂王。

尼雅玛，
要爱白发人。
有了他们——
　　　少吃亏，
有了他们——
　　　少遭殃。

勿学蜘蛛幼残老，
老来又被少来噬，
形迹皆空化无有，
循循环环何时了？

所以，
白毛人，
就是人堆里的——
　　　智者和宝贝。

这样，

日久天长，
江河不老，
白毛人，
犹如白天的阳光一样，
在人们心中，
总是驱走黑暗，
留下明亮的白昼。

白毛人，
总给人赶跑，
郁闷和恐惧，
让人心情畅爽。

使愚昧的人懂得，
还是白毛人懂事多。
若安安全全生存，
离不了白毛人。"

奥克敦妈妈的一番阐明，
尼雅玛，
从此倍增凝聚力。
白毛长者最受欢迎喜爱：

白是——
　　智慧的象征，
白是——
　　权威的象征，
白是——
　　长者的标签，
白是——
　　敬重的代词。

贵壮不再贱老，

有了谦让，
有了笑声，
人丁繁衍。

从南向北，
从暖地到冰原，
奥克敦妈妈教人——
　　以星定时，
　　以星定位，
　　以星定岁。
世间才有了——
　　方位时日记载。

为使尼雅玛，
人丁有序，
以血缘为纽带，
分出族系、
　　长老、
　　穆昆、
　　各血缘统系，
并以千古祖先——
　　发端、
　　创世、
　　荣辱、
　　承袭、
　　祀神、
　　崇仰，
激励众人，
恭用巨木雕镂——
　　九庹图喇柱，
魁伟壮观，
矗据一方，
遥相呼应，

傲视苍穹，
视若远祖，
笑掬百代，
护爱子孙，
源远绵长。

年湮代久，
人丁日旺，
出现噶珊屯落，
榆柳神树祭，
与图喇同重。

从此，
尼雅玛的足迹，
走向荒寒的漠北。
于是，
北海①有了——
　　尼雅玛祖先；
库兀岛有了——
　　尼雅玛祖先；
亘滚河有了——
　　尼雅玛祖先；
萨哈连有了——
　　尼雅玛祖先；
松阿里也有了——
　　尼雅玛祖先。

尼雅玛，
生生世世，
繁衍在——
　　黑水白山。

---

① 北海：古代满族先世女真人等将黑龙江以北的鄂霍次克海渔猎地域俗称北海。

第六章　奥克敦妈妈教会撒第一把谷籽

饮水思源，
经一事，
长一智。
最初吃的苦累，
要永牢记，
孩提学步，
摔出的筋斗最可贵！

在满族萨满——
　　古老神歌中，
永世牢记——
　　奥克敦妈妈的诱导。

一曲警世歌，
千万常追忆。
这宝贵古谣，
译成汉意，
是这般说的：

"麻团絮乱理出来，
万物纷纭识出来。
人贵负苦勤磨砺，
铁杵磨绣针，
顽石化美玉，
穷谷荒郊，

踏出新天地。"

小小乌米亚罕，
能长成顶天立地的——
　　尼雅玛，
全靠——
　　奥克敦妈妈。

在最早最早时候，
只懂吃——
　　地上花，
　　树上果，
　　水中鱼，
　　湖中虾；

只懂抓——
　　地上兽，
　　树上鸟，
　　水中藕，
　　湖中菱。

每当，
北风一天天紧，
大地一日日寒，
利刃一般，
吹皱尼雅玛脸，
吹裂尼雅玛手时，
水不流，
虫不飞，
鱼不甩子，
鸟不生蛋。

每当，

雪儿一片片落，
一层层积，
日高不暖，
地厚更寒时，
树无果，
草无叶，
熊蹲仓，
虎啸林。

高阳当空好度日，
最怕风寒鬼神惊。
白雪皑皑偎窿窟，
饥肠辘辘度时艰。

天寒地冻去捕猎，
与虎狼夺食何其难，
饿殍随处倒，
活人苦熬不堪言。

尼雅玛问神婆婆：
"奥克敦妈妈啊，
天为何——
　　　　有暖有寒？
快让天地永永远远——
　　　　艳阳高照。
让尼雅玛们——
　　　　不受霜雪风苦吧！"

奥克敦妈妈，
告诫尼雅玛说：
"世上从来，
苦乐同存，
寒暑相继。

知苦——
　　方求乐，
知暑——
　　方避寒。
事在人为竞自由，
忘逸思变得安然。"

尼雅玛们，
求教神婆婆，
生在世间——
　　如何求生存？
世上能否——
　　天寒天暑都能吃得饱？

奥克敦妈妈说：
"孩子们，
问得好啊！
阿布卡赫赫，
早为众生，
备足了口粮。"

尼雅玛问：
"口粮在哪儿，
为何不见呢？"

奥克敦妈妈说：
"绿色大地，
就是口粮，
全靠双手来培植。"

奥克敦妈妈，
告诉尼雅玛说：
"阿布卡赫赫，

为使众生有口粮，
让雨神——
　　阿嘎妈妈，
洒下——
　　一阵阵雨露；
让风神——
　　额顿妈妈，
吹下——
　　一绺绺花絮。

遍地开花，
长出漫天的嫩芽禾苗，
春种秋实，
金风飘香，
遍地长成黄色肥穗子，
这就是万生的生命粮呀！"

奥克敦妈妈，
对沙克沙说：
"沙克沙，
这回——
　　可要显示你们姊妹的能耐了。"

沙克沙顿时一声呼唤，
漫天飞来成群车其克①，
从四面八方，
啄来无数谷穗子，
教会尼雅玛辨识。

一穗一穗的——
　　是谷子，

① 车其克：满语，雀。

一荚一荚的——
　　　　是豆子……

尼雅玛，
从此学会——
　　　　采集旷野谷物，
　　　　堆集晾晒。

奥克敦妈妈，
召唤石神卓禄玛发，
献出银色的岩石，
当石柄和石盘。

教尼雅玛，
用石柄石盘，
碾压一捆捆黄色金穗子。
从此，
尼雅玛有了食谷。

春天，
万象更新，
奥克敦妈妈，
又教尼雅玛，
学会垦荒，
撒下第一把谷籽。

谷种，
一入土，
乖乖地——
　　　　发芽，
　　　　长叶，
　　　　开花，
　　　　结实。

像初春的柳蒿芽，
几天瞅不见，
就长一寸；
像刨食的小猪羔，
几日没搭理，
就肥一膘。

金秋，
谷粒归仓，
尼雅玛——
　　世代有了米粮！

再不用——
　　蜂蚁一般地，
　　四处搬运；
再不用——
　　豹子一样地，
　　迅疾追逐。

春种一粒，
秋收一串。
春撒一把，
秋搂一抱。

熬饭做粥，
冬夏胞腹，
子孙欢乐，
人丁兴旺。

第七章　奥克敦妈妈教练使用"甩石"和弓矛

道路，
是闯出来的；
能耐，
是练出来的。

最早，
尼雅玛啊，
生来，
只懂——
　　　饿了，
　　　找食；
　　　渴了，
　　　找水。
三五麇集，
八九成群。
豺狼来了——
　　　逃遁，
洪水来了——
　　　远避。

一天，
奥克敦妈妈，
带着沙克沙和莫林，
到宽敞的草坪，
伸臂踢腿，

抱胸滚翻，
忽而攀高，
忽而越涧。

像矫捷的——
　　　小鸭，
像欢跳的——
　　　小兔，
像机灵的——
　　　小鹰，
像乖巧的——
　　　小鹿，
逗引尼雅玛——
　　　齐来观瞧。

尼雅玛，
生来喜动不喜静，
被奥克敦妈妈、
　　　沙克沙、
　　　莫林的功法，
迷恋得，
全身站立不宁，
也跟着伸胳膊动腿，
一时不住闲。

时辰一长，
日子一多，
日日习仿，
天天比试。

个个——
　　　身强体壮，
个个——

力大无穷。

奥克敦妈妈，
又让沙克沙和莫林，
进山里捡石块，
带领尼雅玛，
天天磨石球。
艾曼里堆起，
山一样的石球山。

奥克敦妈妈，
率领尼雅玛们，
采集藤草，
编成长长的石兜子，
教尼雅玛们，
装上石球，
用臂力猛甩。

石球子离开石兜子，
悠然抛出，
直射远方，
指哪儿打哪儿，
百发百中。

日日苦练，
乐得尼雅玛们，
满地打滚，
哭喊着向神婆婆叩拜：

"尼雅玛啊，
从此，
成了世上——
　　最强的人！"

尼雅玛们，
学会神技，
日日仿习，
终日不辍。
尼雅玛的石球，
从此世代沿用弘扬。

最初，
石蛋子，
百发百中——
　　击水中鱼，
　　击云中鸟，
　　击林中兽。
熟能生巧，
越制越精。

奥克敦妈妈，
教尼雅玛勤动脑：
"头脑生才智，
才谋如涌泉。
恰似江河水，
勤用永奔流。

人贵常思索，
越用越精明。
能超百兽智，
域地最强人！"

时光流逝，
日月如梭。
尼雅玛，
不仅飞蛋子锐利，

磨制——
　　　石针、
　　　骨箭、
　　　骨矛头，
也锋芒无比。

艾曼人，
心计日长，
英雄辈出，
磨制出骨弹弓，
出现小流矢。

奥克敦妈妈，
帮助尼雅玛，
磨炼、
制创——
　　　俩人、
　　　十人，
合力共拉的——
　　　大木弓、
　　　石板箭，
斗虎豹，
驱熊罴。

尼雅玛，
有了防身无敌武器，
周围部落不敢欺。
真正扬眉吐气，
部族兴旺起来。

第八章　奥克敦妈妈立下严苛规矩

混沌初开，
尼雅玛生世间，
感觉万物皆新鲜。
真如同初来乍到，
瞅见了什么，
都倍觉稀罕。

先是，
不仅叫不上来名字，
也说不清楚模样，
叫声长相，
千奇百怪，
样样物物都别致不凡。

渐渐，
见多识广，
才都个个——
　　给定下名字来。

尼雅玛，
受神婆婆——
　　耳濡目染，
从此学会——
　　分辨事物，
知晓——

其特性和功效，
聪明的人——
　　才学会为己所用。

尼雅玛，
最富有意义的相知，
莫过于结识，
天下的莫林。
人类从此主宰天下，
如虎添翼。

说来，
这是一段传奇佳话。
遥远遥远时代，
在尼雅玛男男女女——
还不懂耕耘的古代，
尼雅玛男男女女，
都在——
　　采集山中浆果，
　　采集能吃的草籽，
　　采集树上结的——
　　核桃、
　　山梨、
　　榛子，
一筐一筐又一筐……

这是，
冬天的口粮啊，
积攒越多——
　　越放心。

风雪漫天的日子里，
族众刨冰踏雪找食物，

多少尼雅玛，
被冻死，
被野兽咬死，
惨痛的景象，
没齿不能忘噢！

尼雅玛的艾曼，
在奥克敦妈妈帮助下，
日子，
一天一变样。

可是，
生活，
总是——
　　　摁下了葫芦又起来瓢。

艾曼生来沿旧习：
自古不懂长幼辈分。
妈妈窝里，
历来是——
　　　同喝一灶粥，
　　　同睡一铺炕。

不仅，
妈妈肚子生出的——
　　　男女，
小小大大，
紧挨睡在一铺炕；
外来男女，
只要谁入妈妈窝，
就同宿一个地窖子，
属一个艾曼，
一个部落。

男女从来不避讳，
久而久之，
习以为常。

传诵多少怪胎奇闻：
沟壑常听弃儿哭——
　　豁嘴孩，
　　痴傻孩，
　　聋哑孩，
司空见惯。

艾曼人见此窘象，
则瑟瑟迷惑不解，
日久，
验算怪源是：

女人误餐黑蘑菇——
　　"生畸儿"，
女人误踩疯狼屎——
　　"生畸儿"，
女人惯窃惯詈骂——
　　"生畸儿"……

风声鹤唳，
人人恐惧。

仁慈的奥克敦妈妈啊，
怎能忍心，
瞧见，
如此众多，
惨不忍睹的——
　　畸态怪孩儿啊？

含热泪，
急让沙克沙和莫林两格格，
去四野搜寻。
凡有病儿，
悉数背来。

不让哭，
不让闹，
都聚在神婆婆——
　　温柔怀里，
神光护佑，
静神躺坐。

奥克敦妈妈啊，
她本是开天祖母，
曾无私哺育过——
　　天穹阿布卡赫赫三神姊妹，
助其无限伟力和奇谋。

奥克敦妈妈，
身膺九座乳峰，
甘露源泉，
四海无穷，
能泛育众魂，
能驱消痼患。

沙克沙和莫林两格格，
抱来一个个肢残的病儿，
饱吮着，
神婆婆甜蜜乳汁。

阳光——
　　融化冰雪；

甘露——
　　送来奇效：

张嘴能言，
抬脚能行，
双手能握。
患儿痼疾消失，
生龙活虎。

奥克敦妈妈，
开导众尼雅玛说：
"看眼前，
想未来。
不怨天，
不怨地，
就怨妈妈窝里，
因袭老规矩。

儿孙健，
明朝福。
务下恒心——
　　　抛旧俗。
男女伦操必守制，
改弦更张重配偶。"

尼雅玛，
恍然大悟，
齐问：
如何痛改前非？

奥克敦妈妈说：
"从今以后，
各妈妈窝，

雕镂不同的图喇柱。

凡同一图喇柱下人等，
均属同一血缘。
男女老少皆兄弟，
严禁再同房。

凡外部各不相同图喇柱男女，
血缘各异，
可应时应节，
配偶成婚。

恪守此戒，
千载不移，
违约活埋，
绝不姑息。"

奥克敦妈妈的——
　　严苛定制，
传袭下来，
从此，
创立了艾曼制度，
同一艾曼哈喇——
　　严禁婚娶。

奥克敦妈妈，
亲手雕镂图喇柱，
互别众哈喇，
并以乌勒呼玛 ①，
卜定哈喇居址。

---

① 乌勒呼玛：满语，野鸡。

诸申部族，
树立了——
　　诸部神圣的图喇柱，
像圣典，
召示族众，
恪守不渝。

尼雅玛，
开天辟地，
有了部落和噶珊。
从此，
尼雅玛众哈喇，
各据一隅。

有警互助，
和睦谐好，
春秋互聚，
男女相亲，
永不违谬，
立碑定制。

第九章　山中跑来一个小怪物

秋山秋水，
百果飘香。
尼雅玛，
爬树攀枝，
正大口摘吃香果。

冷丁，
山坳传来怪动静，
从密密树林中，
跑出来一匹小怪物。
昂着首，
唊唊叫，
边跑边跳，
尥着小蹶子。

这小怪物啊，
活蹦乱跳，
格外精神，
长得太俊美啦！

一双明亮的——
　　大眼睛，
油黑的睫毛——
　　长又长。

前胸宽阔，
腰脊壮健。
青山绿水喂养得，
小怪物屁股蛋儿，
胖得——
　　　滚瓜溜圆。

四腿如柱，
黑蹄流云。
长鬃长尾，
像锦缎飘摇。

腾跃起来，
一阵阵烟尘，
恰似在——
　　　云雾中驰骋。

尼雅玛人人爱，
连连狂笑，
阵阵惊叹，
有生头一回目睹此奇兽。

这是造物主，
缔造的——
　　　穹宇奇珍啊！
这是阿布卡赫赫赐予的——
　　　绝妙精灵啊！

瞧，
细长的双耳朵，
像一对小绒瓢儿，
灵灵巧巧会转动；
矫健的蹄碗，

像四尊小榔头，
踏山跨涧疾如风。

小怪物别看个头儿不高，
竖竖长耳传情意，
长鬃长尾黑蹄碗。
见到尼雅玛也不怕，
啃啃那个，
贴贴这个，
像似几世有缘呐，
围着尼雅玛亲不够，
这可是头一遭遇见啊！

小怪物忒顽皮，
扬鬃甩尾，
蹦蹦跳跳，
嗅这嗅那，
总不捡闲儿。

尼雅玛男男女女，
相互递个眼神儿，
想出个妙计：
"何不用编好的——
　　长长椴皮绳，
绊住她，
套住她，
挽留住这精灵鬼，
或许还真能——
　　帮咱办大事呐！"

谁知道，
这小怪物，
异常机敏，

早已揣透，
尼雅玛心思。

没等挪步贴近前，
早仰脖咴咴咆哮，
后蹄猛劲一蹬，
腾空而起，
沙土飞扬，
一阵旋风似的，
霎时穿入群山密林，
不知踪影，
杳无信息。

可爱的小怪物，
突然别离去，
尼雅玛们，
顿觉难舍和空虚。

众尼雅玛，
个个——
　　心疼、
　　惋惜，
惦记小怪物。

相处短暂，
但小怪物，
已经成了——
　　难舍难分小朋友，
激起了尼雅玛——
　　无限的系恋。

尼雅玛们，
央求奥克敦妈妈襄助：

"神婆婆啊，
帮助尼雅玛——
　　　捉住小怪物吧，
我们打心眼儿里——
　　　喜欢她呐！"

奥克敦妈妈格外高兴：
"你们要牢记，
她日行千里，
力大无穷。
她的名字叫莫林，
是阿布卡赐予的——
　　　陆地神驹！

别看她，
叱咤风云，
性情暴烈，
她是为——
尼雅玛而生。
对主人天生忠诚，
最富有——
　　　坚韧毅力，
　　　顽强不屈秉性。

尼雅玛，
如果与莫林交友，
好似如虎添翼，
方能驰骋天下。

告诉你们——
　　　一个秘密：
我身边的莫林格格，
你们不是——

早已认识吗？

莫林格格，
有最奥妙的神功和威望，
你们就请她协助，
快快呼唤回来小怪物——
　　可爱的小伙伴吧！"

莫林格格，
奉奥克敦妈妈之命，
像一缕轻风，
进入山中。
瞬间，
山山岭岭，
传来莫林的嘶叫声。

蹄声阵阵响，
莫林格格，
便将山中莫林，
悉数召聚到——
　　众尼雅玛部落中。

刹那间，
到处是莫林的海——
　　红色，
　　白色，
　　黄色，
　　黑色，
　　铁骊色，
　　枣红色，
跑来各色各样莫林，
可真够多……

从此，
尼雅玛，
结识了活泼可亲的——
　　小怪物，
齐声尊称她——
　　"莫林"，
一心一意、
恭恭敬敬，
迎请她进艾曼。

可是，
莫林生来四海为家，
无拘无束，
哪愿死守一地啊？

尼雅玛一招即来，
吃饱玩够便跑，
逃之夭夭，
不知所踪。

尼雅玛无奈，
哀求神婆婆襄助：
"让莫林世世代代，
与尼雅玛相依为命，
成为终生伙伴，
艾曼重要一员。
帮助尼雅玛，
安居创业，
筑建幸福乐园。"

奥克敦妈妈说：
"俗话说得好，
良驹嘶千里，

岂能易得？
贵在好事多磨，
尔等要与莫林——
　　心交、
　　情交、
　　诚交，
感动莫林，
化疑为友，
方可把尼雅玛居所，
视为家园。"

神婆婆话语——
　　值千金，
莫林与尼雅玛——
　　渐亲昵。

尼雅玛，
欢呼雀跃；
奥克敦妈妈，
笑逐颜开。

妈妈慈颜传妙计：
"每个尼雅玛，
跟几个顽皮的莫林，
多贴近，
结伙伴。

莫林她，
能骑乘，
能拉车，
有了莫林，
尼雅玛，
就有了——

穿林过涧的飞毛腿！"

莫林格格，
因有奥克敦妈妈约束，
从此，
尼雅玛，
有了陆地之舟——
　　　神骏莫林。

奥克敦妈妈，
嘱告尼雅玛各部：
从今以后，
我和沙克沙、
莫林两位格格，
都是部落一员。

不过，
沙克沙格格
仍归山野。
常驻村寨高枝，
筑巢永年。
日日为尼雅玛，
传报佳音喜讯。

莫林格格，
永世留下来，
与尼雅玛——
　　　同命运，
　　　共生息，
成为最亲密伙伴——
　　　运输、
　　　搬迁、
　　　骑乘、

征战，
做人类忠诚帮手，
与尼雅玛，
生息与共，
千载万载不弃。

第十章　芒嘎拉霍通之战

在遥远的——
　　朱鲁古猛温阿尼雅时代，
在最古老的——
　　达妈妈萨玛窝陈乌春中①，
代代都传诵着——
　　神圣的背灯神歌。

萨玛妈妈，
击鼓舞蹈唱道：
鸟入林，
鸡上窝，
鱼静眠，
兽栖洞。
寰宇安歇，
万籁俱寂。
只有那丹那拉呼，
横亘北天。

神鼓敲响，
神歌嘹亮，
何等铿锵，
何等豪迈。

---

① 　这两句满语神歌汉词大意：在遥远的千年时代，在古老的远世奶奶萨满祭歌中……

我的尚武儿孙们呐，
永远要铭记——
　　　这伟大的时刻啊！
永远要承继——
　　　这英雄的勋业啊！

背灯祭礼，
这不是普通的——
　　　萨玛礼仪；
这不是平凡的——
　　　萨玛礼仪。

它是奥克敦妈妈——
　　　率领祖先，
　　　不屈的鏖战；
它是奥克敦妈妈——
　　　率领祖先，
　　　胜利的狂欢；
它是奥克敦妈妈——
　　　教育后世，
　　　学会思危居安。

它是，
奥克敦妈妈，
　　　传留下来的——
　　　　　　背灯盛典；

它是，
奥克敦妈妈，
　　　传留下来的——
　　　隆重礼拜。

在奥克敦妈妈扶持的，

尼雅玛艾曼周围，
近些年月，
又聚集了几个倔强艾曼：

一个是——
　　以音达浑为挽乘的部落，
一个是——
　　以勒付为卫士的部落，
还有一个——
　　以布乎为衣食的部落。

这就是附近闻名的——
　　狗艾曼，
　　熊艾曼，
　　鹿艾曼。

三个艾曼额真，
身怀绝技，
各有千秋：

狗额真，
能霎时聚来——
　　百条烈狗。
狗额真只要一声猛吠，
凶恶的狼狗，
顿时就可以，
噬毁一切物件。
艾曼财物，
被众狗全部掠走，
一片狼藉。

熊额真，
只要跳起熊舞，

必招来——
　　众熊拼死攻伐。
力大无穷的熊群，
势如破竹，
无人敢敌。
所有财物，
尽被掠夺。

鹿额真，
只要一声呼唤，
能聚来——
　　成百成百的野鹿。
鹿是擅跑的野牲，
只要被鹿群践踏，
所有地室和撮罗子，
全成平地，
一切荡然无存。

这些强盗额真，
仗势欺凌——
　　弱小艾曼，
逼迫为其——
　　采集果肉，
成其奴仆，
苦不堪言。

沙克沙格格，
早已遵照奥克敦妈妈计谋，
秘密飞翔四方，
去暗暗观察——
　　芒嘎拉霍通自然形胜，
回来——
　　翔实向奥克敦妈妈述说。

原来，
奥克敦妈妈，
未来之前，
这里——

  沟沟岔岔、
  古洞、
  山崖、
  草棚、
  地窖，
因不忍——
  三强部落欺压，
隐栖着——
  数不尽羸弱的尼雅玛，
心惊胆怯，
朝夕躲避。

因久藏地下，
不见光亮，
奥克敦妈妈到来后，
才被拉出了窖穴。
煦风吹拂，
得见阳光，
像鼹鼠惧怕太阳的眼睛，
十数天后才敢睁开。

仁慈的奥克敦妈妈，
怜悯尼雅玛的苦难，
帮助创立艾曼，
生活安定，
方显无虑无忧。

然而，
听了沙克沙归来禀报，

仁慈的奥克敦妈妈，
激情澎湃，
坐立难安，
说道：

"人往高处走，
鸟往高处飞。
不惧强权，
贵在志坚，
咱们也要择地而居！"

神威的奥克敦妈妈，
办事主张审时度势。
她说：
"俗语说得好，
知己知彼，
百战百胜。

据我判断，
三大野人部落，
依仗地利人气，
欺侮弱小，
霸占山林，
久已得势。

像悬在头顶的利剑，
日日威胁着，
周围众部落，
生存安宁。
各部落，
胆战心惊，
敢怒不敢言。

沙克沙和莫林，
你们迅急再探——
　　芒嘎拉霍通，
速将详情回报！"

数天后，
沙克沙和莫林，
禀报奥克敦妈妈：

"吾等晓知，
三大野人部——
　　狗部、
　　熊部、
　　鹿部，
各占有利地势，
像三只恶虎，
　　蹲坐在芒嘎河上源。

不仅居高临下——
　　遥控险峰，
而且俯瞰着——
　　碧绿葱茏的芒嘎阿林。

涧底芒嘎河，
一泻东去——
　　声涛鸣雷，
　　水浪飞虹。

下游河网纵横，
又有秃鲁、吉鲁——
　　两湖姊妹，
从南北两侧山峪——
　　汇入芒嘎河，

水草丰沃，
成为鱼虾天然的乐园。

野人部，
占据芒嘎拉霍通，
掌握了——
　　水源、食源，宜居之地，
有吃不尽的——
　　鱼类、
　　莲藕、
　　菱角；
有用不完的，
架屋取暖用的——
　　兽革、
　　桦皮、
　　房草。

唯有这里，
从不忧虑水患。
野人个个体魄健壮，
部落强大，
无人敢与其争锋对峙。

每逢旱季，
赤日炎炎，
周围溪涧草枯，
遍燃野火。
野人部尼雅玛，
足不出帐，
坐地竟可俘获，
烧伤的——
　　小兔、
　　野鹿。

这时期，
也是，
各地尼雅玛们，
生存最悲壮的时光。

多少逃人，
因谋生，
齐聚——
　　芒嘎拉霍通上源，
这里——
　　寻觅吃喝最便利。

因此，
豁出命争夺宝地，
常发生无休无止的血拼，
野蛮撕殴，
哀号惊心，
僵尸遍地，
惨不忍睹。"

奥克敦妈妈，
详细聆听了，
沙克沙和莫林两格格的禀报，
早已胸中有数，
毅然说道：

"芒嘎拉霍通，
既然如此富饶，
就该众尼雅玛共享。

三大野人部，
仗势欺凌弱小，
使众艾曼不得聊生，

必须遭到严惩。

芒嘎河，
需要重回平静，
杜绝血腥杀戮，
扫荡强暴孽障！"

德高望重的——
　　奥克敦妈妈，
重新戴起——
　　她那心爱的鲸骨鹰翎晶珠罩脸战帽；
披挂起——
　　虎豹熊麝皮骨镶嵌成的长身甲胄，
躯体矫健，
迈步有风，
激起尼雅玛艾曼的男女老少，
一阵阵雀跃欢呼：

"神婆婆啊，神婆婆，
您穿起战袍——
　　惊退妖魔，
您穿起战袍——
　　鬼神惊叹。

谁说您，
年过百岁？
英姿飒爽，
青春永在！"

慈祥的奥克敦妈妈，
有母亲的胸怀，
高瞻远瞩，
殷切勉励地说道：

"孩子们呐，
美妙的理想，
凭奋斗争取；
幸福的生活，
凭亲手创造。

好事多磨，
集思广益，
万事不可，
麻痹大意。

我已察明，
三大野人部，
改变了芒嘎拉霍通。
他们能有今日的强大，
也是，
日积月累，
靠众志成城，
长期苦斗赢得的！

你们仰盼，
得到芒嘎拉霍通，
天天羡慕，
天天迷恋——
　　能与野人们，
　　同享安乐。

要学会最尊贵的品德，
善于——
　　总结自己，
善于——
　　抚今追昔。
善找成败症结，

再不断地进取，
就永远立于不败之地。

你们归根到底，
心不齐，
志不坚，
尚缺，
野人部的——
　　拼搏和毅力。

鹰禽——
　　知晓架巢，
尼雅玛——
　　要懂得修筑家园。
百折不挠，
不达目的不罢休。"

奥克敦妈妈，
率领尼雅玛艾曼的人，
悄悄来到芒嘎河上源，
秘密观察三大野人部——
　　狗部、
　　熊部、
　　鹿部的——
　　　　　生活，
发现三部，
各有总祀妈妈，
是部落的首领。

各首领下属，
音达浑部——
　　有快捷的狗站；
勒付部——

有勇猛的熊站；
布乎部——
　　有喧闹的鹿站。

各站井井有条，
有专门的一群管差人，
管差人各有分工，
管理饮水、食物的——
　　"布达色夫"；
管理训练、征战的——
　　"布特哈色夫"；
驯兽有方，
所向披靡。

尼雅玛艾曼的人，
喜闻神婆婆，
要夺回美丽的天堂——
　　芒嘎拉霍通，
欢欣鼓舞，
信心百倍。

奥克敦妈妈，
谆谆嘱咐说：
"孩子们呐，
万事起头难。
事在人为，
可不能傲气。
要精诚团结，
刻苦努力啊！"

奥克敦妈妈，
又谆谆叮嘱——
　　沙克沙、

莫林,
她说:

"凡事务求精心,
野人三部,
素有征战经验,
要尽心辅导——
　　尼雅玛艾曼的人,
不可疏忽盲动。"

奥克敦妈妈,
与沙克沙和莫林两格格,
亲率尼雅玛艾曼的人,
侦察芒嘎拉霍通山势后,
制作出征战用的——
　　锐利木棒、
　　飞石、
　　骨刀、
　　石箭、
　　石矛……

商定,
必须在——
　　夜深人静,
　　星斗满天,
　　神不知、
　　鬼不觉时,
才悄悄运动到,
芒嘎拉霍通山脚下,
以迅雷不及掩耳之势,
偷袭三大野人部。

究竟该先从何部动手?

奥克敦妈妈，
费尽了心机。
几番掂量，
最终下定决心：

就选定芒嘎拉霍通，
比较平坦的西坡，
攀缘而上，
可直捣野人部。

那里——
　　　有茂密的榆树林，
恰是——
　　　布乎部大鹿场，
层林枝叶掩蔽，
不易惹敌察觉。

豹头旗引路，
鼓声、螺角为号。
乌西哈——
　　　升入天空了，
螺角——
　　　呜——呜——
吹响了。

尼雅玛艾曼的人，
遵照奥克敦妈妈的密令，
带着生火的松明、獾油，
蜂拥般地，
齐聚向芒嘎拉霍通山脚。

隐约中，
传来螺号声，

这是飞速攀登的信号。
高山崖西坡，
一片飞动的人影。

不大工夫，
人影顺利地——
　　　攻进鹿场，
布库部的人——
　　　　还没有发觉。

尼雅玛艾曼的侵入，
被灵敏的狗和熊，
嗅出了异味。
顿时，
狗吠熊嗥，
睡梦中的——
　　　　音达浑狗部，
　　　　勒付熊部，
乱作一团。

奥克敦妈妈的螺角，
继续吹响了。
尼雅玛艾曼的人，
按照螺号暗语，
冲进野人部的人影，
迅速分成三伙：

一伙，
冲向布乎鹿部；
一伙，
冲向音达浑狗部；
一伙，
冲向勒付熊部。

松明、
獾油，
顿时在——
　　鹿场、
　　狗窝、
　　熊圈，
熊熊燃烧起来。

正是盛夏时节，
天干物燥，
暖风劲吹。
鹿、狗、熊三部，
一色桦皮为盖，
茅草为窝。

松明和獾油，
遇上桦皮茅草，
迅急光焰冲天，
芒嘎拉霍通变成火海。

野人三部落，
平时，
自恃天下无敌，
甚是傲慢轻敌，
没想到遭此惨败。

芒嘎拉霍通，
已成大战场，
双方呐喊咆哮，
挥舞各种兵器，
滚打在一起。
双方擂响——

鲸皮鼓和熊皮鼓，
杀声——
　　震天动地，
战鼓——
　　排山倒海，
火光——
　　染红夜空。

尼雅玛艾曼的人，
想要冲进去，
占据三大部。
奥克敦妈妈说：

"狗、熊、鹿烧伤惨重，
三大部已乱，
我有降敌之策：

尔等只围不攻，
不下三天，
三部头领，
必来投降。"

尼雅玛艾曼的人，
不少反对和怀疑，
认为神婆婆，
话不准。

谁知，
没过三天，
芒嘎拉霍通，
三大野人部头领——
　　音达浑妈妈、
　　勒付大玛发、

布乎大妈妈，
前来叩拜奥克敦妈妈：

"神威无敌的妈妈啊，
人外有人，
天外有天。
我们认为——
　　　芒嘎拉霍通，
举世无双。
没有，
再比我们——
　　　更强的人。

我们钦佩，
您的智慧，
指挥有方。
自古有能者，
主掌艾曼，
我们心甘情愿，
听妈妈调遣。

跟随您，
艾曼——
　　　必会兴旺，
犹如——
　　　旭日东天。"

从此，
尼雅玛艾曼，
更强大了，
与原来的野人部，
融入一起，

共同治理芒嘎拉霍通，
生活蒸蒸日上。

第十一章　奥克敦妈妈传授弯弓盘马

奥克敦妈妈，
功高盖世，
为尼雅玛艾曼腾飞，
呕心沥血，
用尽心机。

一天，
奥克敦妈妈，
把尼雅玛们，
召聚一起：

"孩子们，
走，
跟妈妈和莫林，
去南山坡，
搬抬长命宝。"

尼雅玛们，
最信妈妈话啦，
纷纷跑步来南山，
望见一堆堆巨石，
迷茫傻了眼：
"妈妈呀，妈妈，
缘何巨石称为长命宝？"

奥克敦妈妈，
笑容可掬：
"孩子们，孩子，
要代代铭记妈妈话，
快快搬石少赘言。

体力本是生命宝，
汩汩流泉大无边。
南坡北坡休嫌远，
背石费力亦艰险。
长久练达身刚健，
弯弓盘马方安然。"

尼雅玛臂如椽，
妈妈技传磨石弩。
伐大木，
砍硬弓。
矢穿两棕熊，
连透三只鹿。
艾曼奇猎勇，
传袭靠神弓。

神弓备，
情未了，
妈妈尚存心腹事。
殷殷叮嘱憨莫林：

"永世常留在艾曼——
　　生儿育女，
　　传宗接代。
　　风雨如晦，
　　不离不弃。"

莫林众子孙，
亘古山中魂。
野性傲拗，
系念峰峦。
唯因惧惮妈妈神威，
驰骋大地效命勤。

忍辱负重，
言听计从。
诚惶诚恐，
含辛茹苦不知年。
忽闻妈妈语——
　　常留大地换生涯，
暴吼犹惊雷：

"妈妈啊，妈妈，
梅鹿恋甸草，
鸣雁爱涧溪。
莫林忌恶约束，
唯愿徜徉无羁。

如今事圆融，
翘盼返故居。
朝迎旭日，
夕伴落霞。
渴饮流泉，
饿嚼嫩谷。
甜蜜无虑，
自在逍遥。
岂可长留艾曼，
恕难护陪。"

奥克敦妈妈虽不悦，

笑容劝阻嗔怪道：
"莫林懂事休任性，
随我同来创世纪。
尼雅玛们需要你，
岂可缺少大力神？"

莫林听罢，
纵跃驰骋，
四蹄腾飞——
　　　想逃遁。
哪顾妈妈厉声喝，
转瞬无踪——
　　　隐山巅。

莫林野性不知惧，
只求尽早脱净身。
奥克敦妈妈，
阵阵心酸，
遥望青天自叹息：

"小莫林啊，
小神驹，
宛若妈妈亲儿女。
安忍重手伤及尔？
惯汝莫林忒骄纵，
再不梳理何成材？"

心狠狠，
泪滴滴，
扬手照空银光闪，
莫林缚回跪尘埃。

莫林叩头泪涌泉：

“妈妈啊，妈妈，
莫林一时糊涂惹您恼。
饶命吧，
宽恕吧，
追随您百年的傻莫林，
肝脑涂地永效劳！”

奥克敦妈妈爱抚说：
“贪山玩水尔等本性，
妈妈不该责怪你。
只因命尔担大任，
唯尔堪称胜此任：

让天下尼雅玛，
都是莫林德勒尼雅玛①。
尔要生生世世，
终生不渝，
无恨无悔，
任劳任怨。”

奥克敦妈妈，
手牵莫林，
在它前腿猛一掐，
痛得莫林咴咴跳。

奥克敦妈妈忙说：
“小莫林，
莫嫌疼，
如今尔身添奇宝：

长途驰骋不疲倦，

---

① 莫林德勒尼雅玛：满语，马上人。

既可永消野性，
又能夜行如昼——
　　输运，
　　罟猎，
　　耕耘，
　　征战。
百战百胜，
岁岁年年。"

君不见，
莫林前腿，
都长有骨眼，
那是奥克敦妈妈特赐的。

莫林生来多这骨眼——
　　拉车，
　　骑乘，
　　蹚河，
　　渡海。
哪怕，
道路坎坷崎岖；
哪怕，
长途披星戴月。

神骏莫林，
成为人类忠诚挚友。
不再是"比干莫林"①，
称为"包衣莫林"②。

尼雅玛，

---

① 比干莫林：满语，野马。
② 包衣莫林：满语，家马。

号称"莫林德勒尼雅玛",
是奥克敦妈妈养育的。
凡朱申[①] 男女，
呱呱坠地，
额姆就以长布裹腿，
成年时便会双腿径直。

五岁到十五岁，
习练弯弓盘马，
二十至而立之年，
坐骥稳健，
征战制胜。
动静自若，
马如蛟龙。
勇冠万夫，
群贼丧胆，
百发百中。

朱申尼雅玛，
祖祖辈辈，
世世代代——
　　爱马、
　　养马、
　　育马、
　　驭马、
　　练马、
　　敬马。

马郎中，
马产娘，
马博士，

---

① 朱申：满语，俗指满族先世女真人。

代代喜见才人出。

居住的噶珊——
　　尊称"骏马之乡",
养育的儿孙——
　　傲称"马上巴图鲁"。

奥克敦妈妈,
在尼雅玛艾曼中,
留传下——
　　"御马歌诀":

　　胆大心细,
　　眼观八方。
　　脚扣马腹,
　　握鬃坐塔;

　　上马技,
　　下马技,
　　立马技,
　　侧马技,
　　滚马技,
　　卧马技,
　　藏身技,
　　贴肚技;

　　踢腿上马,
　　蹲脚上马,
　　飞跳上马,
　　跑步上马,
　　旋身上马,
　　箭射上马,
　　抓鬃上马;

过梭，
穿云，
泅水，
越涧；

单御马，
双御马，
仨御马，
五御马；

一人二马，
一人三马，
七人八马，
行云流水，
眼花缭乱。

真可谓——
人马同魄，
人马同魂，
人马同窍，
人马同心。

千载如梭，
朱申、满洲，
马阵名天下。
排山倒海，
所向无敌。
十男顶一虎，
奇功盖世。

第十二章　奥克敦妈妈长留人间

往昔，

尼雅玛，

居无定址——

　　仿佛鹿群雁阵，

　　仿佛天上流云，

哪儿——

　　易躲攻击，

　　易于觅食，

就成群结队，

奔徙其地；

哪儿——

　　周围食源匮乏，

不惜长途跋涉，

再辟新域。

时光如梭，

总是势薄贫弱，

开创不了固定基业。

奥克敦妈妈，

为尼雅玛部落发展，

一直惦挂在心。

她曾和沙克沙和莫林，

追随北飞的天鹅——
　　走到北海，
追随精奇里江——
　　进入萨哈连，
发现了——
　　漠北广袤人间天堂。

奥克敦妈妈，
率领尼雅玛，
逐步迁移至，
盛产鳇鱼和大马哈鱼的，
萨哈连和松阿里乌拉流域，
开垦良田阡陌，
令豆谷飘香。

就在奥克敦妈妈，
帮助尼雅玛，
伐木筑建新艾曼时，
忙碌中，
熟睡过去。

恍然觉得，
沙克沙飞来了。
奥克敦妈妈，
走出帐篷，
见到松枝上，
落只白脖花喜鹊。

奥克敦妈妈高兴地说：
"好姑娘，
我正惦念你呢，
你怎么回来啦？"

沙克沙格格说：
"奥克敦妈妈啊，
天母传命：
耶鲁里乘机肆虐，
近期漠北必生洪害。
命你速返天宫扶持三神母，
擒伏恶魔耶鲁里。

尼雅玛的安危，
你走前要安排妥。
这里将成泽国，
务须百倍防范，
好自为之。"

沙克沙报完信，
向奥克敦妈妈鸣叫道别，
扇开长翅，
飞入云端……

奥克敦妈妈惊醒，
方知沙克沙格格，
在酣梦中，
急报灾情。

奥克敦妈妈坐起，
披上水獭斗篷，
出了帐，
耳边已传来——
　　排天的浊浪声。

奥克敦妈妈，
召集尼雅玛，
特传来，

多年提携培育的，
几位深孚众望的萨玛——
　　　走后御灾的栋梁啊，
告知——
　　　集议抗争萨哈连、松阿里洪患的良策，
并告知关键时刻，
自己受命离开艾曼，
降魔远征。
相信尼雅玛们，
必能驱逐洪水，
永享安宁。

奥克敦妈妈，
虽要与众尼雅玛分离，
对众艾曼，
信心百倍。
多年的培育和引领，
绝不会辜负，
妈妈的期待。

众尼雅玛，
含泪难舍难分地，
送别奥克敦妈妈，
把慈爱的妈妈的样子，
牢牢铭刻在心中。

奥克敦妈妈，
向艾曼中最年长的，
主祭男女萨玛说：
"我去除魔，
不必挂牵。
在祭坛上雕一幅，
七人八马神像。

七人象征尼雅玛，
万众一心，
众志成城；
八马便是为我所备。

奥克敦妈妈我，
永远同你们，
同命运，
共祭祀。"

滚滚洪水天上来，
林毁山塌百兽埋。
这是凭空突降的大劫难呐，
山冈吞没，
遍地汪洋。

不辜负奥克敦妈妈厚望，
众萨玛，
勇捍生灵，
力挽狂澜。

多少年来，
在奥克敦妈妈带领下，
夜以继日，
废寝忘食，
精心巧绣，
艳景呈现。

两岸柳堤，
平畴沃野，
柳暗花明。
一窝窝——
　　野鸭子、

鹌鹑、
　　野鸡，
抱窝生蛋的福地，
尔今，
一瞬时——
　　汪洋遮岸。

朝朝暮暮，
闻云中雄鹰泣唳，
草莽里百雀失群，
听觅崽哀啼。

堤崖上啊，
阿玛抱儿，
额娘携女，
白布为帆，
炕板为舟，
背井离乡，
孤雁悲号。

萨克达，
长吁短叹频频说：
"掐指头估算，
这是咱萨哈连、松阿里，
三百多年来
从没遇见过的祸殃……"

所有沟壑的洪峰啊，
像浊浪排空，
像万马奔腾，
像群山倾塌，
像五雷轰顶。

尼雅玛的——
　　　畜禽，
　　　被冲卷一空；
尼雅玛的——
　　　欢乐，
　　　被水难吞噬；
尼雅玛的——
　　　田园，
　　　被化成泽国；
尼雅玛的——
　　　临河窖窖，
　　　被鱼鳖争栖。

头添白发的——
　　　萨克达哈哈①，
头发灰白的——
　　　窝西浑妈妈②，
大灾面前，
没有主见。

奥克敦妈妈，
梦授各图喇柱的众哈喇，
说道：
"图喇——
　　　就是黑夜的明灯；
图喇——
　　　就是浪涛的轻舟。
众志成城心不乱，
萨玛们，
该成艾曼的主心骨。"

---

① 萨克达哈哈：满语，老男人。
② 窝西浑妈妈：满语，尊敬的老奶奶。

众部齐声说：
"如今尼雅玛，
改天换地。
神婆婆啊，
还有什么可担惊受怕的？

如今，
再不是一盘散沙；
如今，
老少凝如坚石；
如今，
年老人也享舒坦日子。

个个都是硬骨头，
狂风暴雨，
吓不低头；
再大的浪头，
怎能弯腰呐？"

俗语说：
疾风知劲草。
萨玛妈妈、玛发，
请来，
诸部九庄十八屯的——
　　　儿孙们，
召来，
分支大小萨满——
　　　十几位，
成为尼雅玛主心骨，
犹如众星捧月。

群龙——
　　　全靠龙头带；

群虎——
　　　全凭虎王领。

众人堆土——
　　　能成山，
众人拾柴——
　　　火焰高。
众人背水——
　　　能积海，
众人喊声——
　　　震如雷。

怎能遇难闻哭声，
怎能水来四散逃。
咱朱申生来爱鼓声，
擂起皮鼓惊天地，
振起腰铃鬼神惊。

萨满奶奶，
击鼓唱啊：
"浊浪再凶——
　　　哪能有我的神鼓灵？
白发的玛发、阿浑老哥啊，
快快鼓响——
　　　你那驱洪鼓吧！

紧要关头，
危难紧急，
要全凭一股——
　　　无畏闯荡劲儿，
唤醒惊吓中的——
　　　孙男弟女，
生死无畏安可惧！

浪涛专欺胆小儿，
洪波也怕弄潮儿。
眼下——
北山——
　　　还圈着艾曼的羊；
西坡——
　　　猪舍卧有艾曼的黑毛猪；
南山——
　　　松栅养着艾曼的大马鹿；
北地——
　　　营子窖藏艾曼的老棕熊。

德高望重的玛发阿浑啊，
你就担当总祀大玛发，
后学的妈妈我，
就做你的管灶锅头达。

你管祭祀，
我管牲供，
再虔诚请出——
　　　翁克勒萨玛老爷爷。

别看他百龄耄耋出了头，
精神矍铄，
红光满面，
颔下的银须长髯，
飘在肚皮下；
罗圈腿的双脚，
走起来照样硬腾腾；
成年累月熟皮子的巧手，
照样麻溜溜。
说起话来大嗓门啊，
那可是雷公的锤子——

千里万里震耳聋，
无人不知，
谁人不晓，
尼雅玛大萨玛——
　　翁克勒神爷爷。

世人皆知，
神爷擅用鲸皮鼓，
涉疆黑水，
泛舟北海，
捕来长鲸自蒙鼓，
自烧陶铃三百珠。

说起神爷爷敲响的神鼓，
那可是百神献媚百灵惊。
他敲出的鼓点啊——
　　那是虎豹吼，
　　那是百鸟鸣，
　　那是百卉韵，
　　那是江海吟，
　　那是风云动，
　　那是日月祥云颂。

老玛发就凭着他——
　　千变万化、
　　神秘莫测、
　　卜幻吉凶、
　　神迷痴醉的咚咚鼓声啊，
召来——
　　阴天见日、
　　枯枝生叶、
　　涸溏生莲、
　　穷林逐鹿、

江富鱼虾、
群神毕至、
万物葱茏、
一片生机。"

德高望重的老玛发，
欣然点头。
二老共议，
一拍即合：

"对呀，对。
事不宜迟，
必须马上请翁克勒大萨玛，
献牲跳神。
凝心聚力，
抗拒洪魔，
重振朝气，
再创家园。"

尼雅玛所有晚辈族众，
靠着阖族二老，
临危筹谋和神圣威严，
迅即笼络住——
　　四分五散的族众，
迅即召唤回——
　　东躲西藏的儿孙。

将洪涛中，
悬梁欲死的人，
从树上抱下来；
将洪涛中，
躺在棺椁奄奄待毙者，
从水中拉起来；

让所有丧失希望的——
　　　老哥老妹，
重新燃起——
　　　生命的火花。

这时，
翁克勒老萨玛，
受命敲起了，
他的鲸皮神鼓。
这神鼓，
就像请来世界上最神奇的郎中。

鼓声——
　　　比针灸，
　　　比草药，
都神奇灵验，
马上治好了，
逃难人的恐水症；
马上安抚了，
逃难人的懦弱心。

洪水围困的萨哈连，
重新泛起高歌；
洪水围困的松阿里，
重新人欢马嘶。

十几天不见的——
　　　生气回来了！
十几天不见的——
　　　炊烟升起了！
十几天闻不到的——
　　　菜香飘出来了！
十几天听不到的——

婴儿哭声传开了！

翁克勒老萨玛，
跳神迎请——
  驱邪救灾的奥克敦妈妈。
献上——
  猪、
  羊、
  鹿、
  鱼，
  山果堆如山；
献上——
  阖族的虔诚祈愿：

让洪水速速退净，
让族众重建家园，
世世安宁，
福寿永康。

这昊天的呼唤，
这震天的鼓声，
这虔诚的祈愿，
这赤诚的敬盼。

都在祈请，
满族世代的神母——
阿布卡赫赫最挚爱的侍女，
  千万年智慧的化身，
  哺育万牲的护神啊——
    威武无敌的奥克敦妈妈。

在翁克勒老萨满的——
  鲸皮神鼓声中，

在老穆昆的——
　　祈求声中，
在八十岁老妈妈的——
　　叩拜声中，
忽然江涛中跑来了
成千匹银蹄银鬃白龙马。

白龙马，
顿时变成——
　　阖族的水上龙驹，
将洪涛中的灾民，
转眼间——
　　全驮至安全的高冈上。

从此，
形成今日满族，
诸姓沿萨哈连和她的子孙河——
　　松阿里、
　　牡丹江、
　　乌苏里、
　　倭肯河、
　　呼兰河、
　　阿什河、
　　依秃河，
诸村落噶珊格局，
成为满族先民，
世世代代家园，
子孙繁衍，
直到如今。

满洲老姓各哈喇，
永生永世，
永远纪念——

慈祥勤勉的奥克敦妈妈，
年年奉祭，
亘古流芳。

奥克敦妈妈，
是满族萨满祭礼——
　　世代敬祀的妈妈主神，
是疾恶如仇的——
　　威武战神。

她与佛里佛多卧莫西妈妈，
同属姊妹尊神，
　　总理——
　　吉星高照，
　　社会安定，
　　福寿绵绵，
　　人丁老幼，
　　无忧无虑，
　　无病无灾。
　　猪羊牛马骡驴，
　　鸡鸭鹅狗众牲，
　　茁壮兴旺。

满族众姓，
为纪念奥克敦妈妈，
都在灶房西墙上，
高挂木雕的"七人八马"，
象征她星夜离开世人，
急返天宫，
参与驱魔鏖战。

奥克敦妈妈，
是光明神，

是驱夜神。
相传魔鬼耶鲁里,
惧怕光明,
总在黑夜作祟。
故每当祭祀,
都在夜深,
迎请奥克敦妈妈降临神堂,
享受族人的献酌。

尼雅玛,
为永世牢记——
　　奥克敦妈妈、
　　沙克沙、
　　莫林的恩情,
又世世代代,
在萨满神祭中,
传袭神圣的——
　　敬鹊和马神祭礼俗。

各族各姓,
祭前制索莫杆,
上装锡斗谷穗,
敬祀乌鹊。

在群马中,
精选最健壮骏马,
备作祭用马,
尾上挂绸条,
阖族虔诚饲养,
献奥克敦妈妈骑用。

萨玛——
　　马祭,

乌鹊祭，
永祀不衰。

人类擅驭骏马，
奥克敦妈妈传授。
欲想缩短大地间的距离，
要靠骏马飞驰的速度，
就要有驯驭骏马的本领和胆识。
像奥克敦妈妈一样，
身骑两匹烈马，
巡行天地之间。

奥克敦妈妈——
　　是畜牧神，
　　是兴旺神，
　　是理财神，
　　是保家神。

神威无敌的——
　　奥克敦妈妈！

后　　记

　　二〇一三年七月，我的国家社会科学基金项目"满族原始神话谱系及其历史演变研究"开题时，有幸请到富育光先生前来指导。就是在这次活动中，我从富老口中得知他那里还有一部重要的神话题材的说部作品，要在第三批"满族口头遗产传统说部丛书"中出版，这就是《奥克敦妈妈》。

　　富老当时正在准备国际萨满教会议的论文，还有大量整理和指导第三批满族说部书稿的事务，十分繁忙。知道我做神话方面的课题，富老十分高兴，希望我能够整理《奥克敦妈妈》。之后，我在富老家中见到了《奥克敦妈妈》的部分记录稿。不久，富老便将全部记录稿交给我，并已经写好了"传承概述"。富老告诉我，"传承概述"是草就的，出版前他再改定。果然，待我整理完文本，富老改定了书前的《满族传统给孙"乌勒本"——〈奥克敦妈妈〉传承概述》。"概述部分"的修订虽然有三四次，但每次只是动几句话，甚至几个字。从中可见，富老交给我的，是十分成熟的稿子。我对《奥克敦妈妈》所做的"整理"工作主要是划分段落、核对词语、校对文字、编辑目录。

　　至今还记得第一次阅读这部说部时所受到的震撼，"引歌"中"为迎迓，慈祥的圣母妈妈降临，祖先留下的古老乌春，我抖抖精神唱起来"，已经令我热血澎湃；读至"序歌"中"只听白发爷爷一声令，俊俏的格格们扯篷帆，健壮的哈哈们齐划桨。九艘帆船像九支离弦箭儿，瞬间冲进了大江心……"更是激动不已。我想，能够如此感动我的"乌勒本"，一定也会吸引和感动更多的人，而能够令人心动的口传作品本身，一定也积淀着一代代传承者深厚的情感和虔诚的信念。

　　自满族说部大批次刊布于世后，学界最感兴趣的就是《天宫大战》《乌布西奔妈妈》《恩切布库》和《西林安班玛发》这四部神话题材的作品。《奥克敦妈妈》的公布，使说部当中神话题材的文本更加丰富，也更加完整，无论对于喜爱满族说部的读者还是对于关心满族说部的研究者而言，都是值得欣喜的事。以我个人的看法，与先此刊布的其他四部神话题材的"乌勒本"相比，《奥克敦妈妈》既有与上述说部一致的"创世""救世"内容，又有极其特殊之处：

第一，从人物的角度看，其他四部神话题材的满族说部的主人公在当代满族的宗教生活中都难以寻觅到踪迹，而奥克敦妈妈，即奥都妈妈，是至今仍然在满族民间祭祀活动中普遍祭奠的重要神祇。

第二，从内容的角度看，"山中跑来一个小怪物""奥克敦妈妈传授弯弓盘马"，以神话的方式，讲述了满族先世驯化马匹、发明驭马技能的故事，这是其他说部所没有的内容；《芒嘎拉霍通之战》讲述了为争夺生活资源而进行的部落战争，与其他说部所涉及的部落战争相比，又有新的内容。

第三，从说部类型研究的角度看，它提供了又一部"给孙乌勒本"范本。

第四，从萨满教研究的角度看，对于研究"背灯祭"的来源、仪礼、功能等，具有重要的参考价值。

因此，《奥克敦妈妈》的价值，绝不局限于满族说部研究和神话学领域，而对于满族及其先世的精神信仰、历史生活、文化演进，以及宗教学、人类学、历史学、民俗学、民族学、文学、语言学等学科的相关研究，同样具有极其重要的意义。

希望我所做的工作能够不负富老的嘱托，希望大家能够如我一样重视和喜欢这部"乌勒本"。

王　卓
二〇一四年三月三日